前言

本書是縱貫戰前與戰後，第一次在日本出版的台語入門教科書。

近來，造訪台灣的日本人急速增加，與此同時，我們可看到他們對台灣及台灣人的關心比以前更加增強。日語雖然還在一部分台灣人中通用，但如果想要更深入了解台灣人的話，當然需要知道他們的母語——台語。

雖則大家都深切地感到其必要性，但因爲沒有合適的教科書，眞是遺憾。

多年來，我一直從事台語的研究工作，更覺有倍於常人的責任感，但總因爲身邊事務繁忙，其間雖有衆人的殷勤期盼，仍延宕至今。

今年夏天，也因爲周遭人士的催逼，而興起一念，於是偷得片刻的閒暇，埋首書案，一旦開始下筆，身心無比振奮，宛如行雲流水，這對寫作很慢的我來說是很罕見的，終能在短期間內脫稿。

出乎意料地，我十數年講授中文，及三年前起在東京外語大開設福建話講座的經驗，畢竟沒有白費，但是我仍然擔心本書實際上能符合各位的多少期待，希望諸方先進不吝賜教。

此外，曾昭光女士對於本書中例句的選定曾給予寶貴的建議，謹在此致上深忱的謝意。

王育德

1971年9月28日

譯序

語言的學習必須兼顧理論與實用，才能事半功倍。王育德先生是日本已故語言學泰斗服部四郎博士的得意門生，受過嚴格的語言學專業訓練，理論基礎深厚，在研究台語的人士當中屬於學院派，而且多年從事北京話與台語的教學工作，累積不少實際教學經驗。本書可以說是結合理論與實用的結晶。在說明發音方法之後，採取會話形式的課文可以讓學習者在較短的期間內掌握台語的基本表達方式。書後附有常用詞彙1800詞，先依詞類粗分，再依詞義領域細分，便於檢索。書中並穿插隨筆數篇，其中若干具有濃厚理論色彩，但因篇幅有限，只能點到為止。如果想更深入了解，不妨參考作者的另一本著作──《台灣話講座》。

本書的一大特色是所用漢字與常見的標寫法頗多出入。例如：

	（本書）	（一般）
tai^{7}–chi^{3}〈事情〉	事志	代誌
cha^{1}–po·^{2}〈男人〉	查夫	查甫
cha^{1}–bo·^{2}〈女人〉	查姥	查某
lian^{2}–bu^{7}〈蓮霧〉	輦霧	蓮霧

由於台語尚無所謂的「正字法」，有關如何將台語文字化的問題，迄無定論。有人主張使用羅馬字，有人主張使用漢字，也有人主張漢字和羅馬字並用，衆說紛紜。就羅馬字而言，問題似乎較爲單純。既然教會羅馬字通行範圍最廣，如果採用羅馬字，以教會羅馬字爲優先考量，可能不會有太大的爭議。當然，如此說並不表示教會羅馬字十全十美，其實仍有改良餘地。如果採用漢字，就涉及許多複雜的問題，特別是所謂「正字」的問題。台語有很多語詞究竟應該用什麼漢字書寫，意見並不一致，結果造成同一個詞卻有數種寫法的現象，比如 jin[5] 寫成「人」大概不會有人提出異議，但同樣意思的 lang[5] 到底到寫成「人」或「儂」，可能看法就有分歧。關於這一點，上面提到本書一些漢字用法和一般用法有所不同，其中有一些或許能提供我們重新思考的空間。基本上，譯者傾向於贊成以漢字爲正式使用的文字，但必須先進行規範，定出標準。用漢字來書寫台語，應該是最合理而且最有效率的方式。和漢語分屬不同語系的日語都能將漢字運用自如，發揮高超效率，更何況台語是漢語方言的一支。關於一個漢字同時有「文言音」和「白話音」兩種不同發音的問題，基本上和日文中一個漢字同時有「音讀」和「訓讀」兩種以上不同發音的問題頗爲類似，日文中的處理方式或可做爲制定漢字「正字法」時的參考。

由於本書原文是日文，將學習者設定爲日本人，所以在說明發音時都以日語做例子，爲了配合中文版讀者的需要，發音部分特別改爲和北京話的發音比較的形式，以增加本書的實用性。學完本書的人，如欲更上一層樓，可以利用王育德先生所編的進階教材《台語初級》繼續學習。

本書日文版提供日本人士學習台語的途徑，發揮了讓日本人士了解台語的敲門磚的作用。透過這次的中文翻譯，希望本書能成爲不會台語的人學習台語的最佳教材，並幫助會台語的人加深他們對母語的認識。同時也期盼大家同心協力提升台語的層次，讓台語能獲得應有的重視和地位。但願這樣的希望不是奢望。

黃國彥

凡例

1. 本書的台語是福建系台語。其他雖有一部分人說客家系台語，但留待有機會再探討。

2. 本書的台語，是依據台灣最大都市台北市的口音。

3. 表記方法是傳統的教會羅馬字。只有將聲調記號改用數字表示，標在音節的右上角。這是基於印刷方便的考量。

4. 本書在說明「台語的發音」之後，共有本文20課，並附錄約1800個常用語彙。

5. 第1課到第8課是基礎的表達方式。第9課到第20課是日常會話的例文。

6. 爲了塡滿版面，我寫了6篇隨筆。如能有助於讀者加深對台語的理解，實感萬幸。

目次

⊙ 隨筆

台語的發音

1. 聲母

台語的發音可分聲母、韻母、聲調三項要素來說明，各位較易了解。那是因爲台語的音節——音節本身之中無法令人感到有可切斷之處，但其前後是可切斷的單音的連續——是聲母＋韻母，再予音節上賦與聲調的不同。

聲母相當於通常所謂（語首）子音。全部有17種。

p〔p〕　相當於北京話ㄅ音。不送氣。聲帶不振動。

ph〔p‘〕　相當於北京話ㄆ音。送氣。聲帶不振動。

b〔b〕　北京話無此音。發 p 音時振動聲帶即成此音。

m〔m〕　相當於北京話ㄇ音。

t〔t〕　相當於北京話ㄉ音。不送氣。聲帶不振動。

th〔t‘〕　相當於北京話ㄊ音。送氣。聲帶不振動。

l〔l〕　相當於北京話ㄌ音。

n〔n〕　相當於北京話ㄋ音。

ch〔ts, tɕ〕　相當於北京話ㄗ或ㄐ音。

chh〔ts‘, tɕ‘〕相當於北京話ㄘ或ㄑ音。

j〔dz, dʑ〕[1] 北京話無此音，發〔ts, tɕ〕音時振動聲帶即成此音。

s〔s, ɕ〕 相當於北京話ㄙ或ㄒ音。

k〔k〕 相當於北京話ㄍ音。不送氣。聲帶不振動。

kh〔k‘〕 相當於北京話ㄎ音。送氣。聲帶不振動。

g〔g〕 北京話無此音。發〔k〕音時，振動聲帶即成此音。

ng〔ŋ〕 北京話無此音。保持發〔k〕音的口舌位置，以鼻音發出即成此音。

h〔h〕 相當於北京話ㄏ音。

2. 韻母

韻母很複雜。全部有41種（不包含入聲）。原則上由介母＋主要母音＋韻尾構成，當中的主要母音是不可欠缺的要素。

主要母音有6種，可形成如下圖的體系。

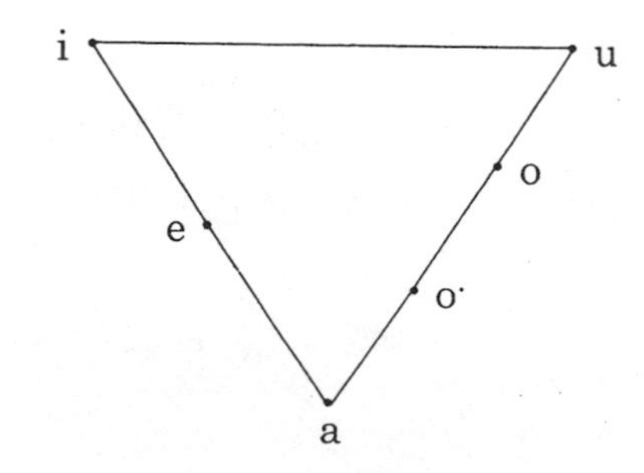

i〔i〕 相當於北京話ㄧ音。

e〔ɛ〕相當於北京話ㄝ音。

a〔a〕相當於北京話ㄚ音。

o·〔ɔ〕相當於北京話ㄛ音。

o〔o〕北京話無此音。比〔ɔ〕音開口窄[2]。

u〔u〕相當於北京話ㄨ音。

包含主要母音在內，將韻母整理如下。

陰韻（16種）

		a	ai	au	e	o	o
i	iu	ia		iau			io
u	ui	oa	oai		oe		

半鼻韻（10種）

		aN	aiN	auN	eN	o·N
iN	iuN	iaN				
		oaN	oaiN			

台語的特徵之一是，陰韻的發音帶有鼻音。-N 是半鼻韻的記號，請千萬記住。本書用教會羅馬字將小字的 n 標在右上方。

陰韻和半鼻韻，原則上和以-h〔ʔ〕（急速塞住的音）結束的入聲相對應。

陽韻（13種）

	am		an	ang	eng	ong
im	iam	in	ian	iang		iong
		un	oan			

陽韻入聲

	ap		at	ak	ek	ok
ip	iap	it	iat	iak		iok
		ut	oat			

聲化韻（2種）

m　　　　　　　　ng

3. 聲調

聲調中除了本調有7聲（缺少數字6的聲調）之外，還有輕聲（0聲）。

1聲（陰平）　高而平順，高度和唸 so 差不多。
2聲（陰上）　由高而小幅度地下降。由 so 而唸 do 般。
3聲（陰去）　在低處下降般。像唸 do 那麼低。
4聲（陰入）　低且短促之音。像唸 do 那麼低。
5聲（陽平）　由低往高爬昇。由 do 而唸 so 一般。
6聲（陽上）　（和陰上合併[3]）
7聲（陽去）　中度的高音且平順。唸 mi 左右的高度。
8聲（陽入）　高且短促。so 的高度。
0聲（輕聲）　介於3聲和4聲中間、音弱。

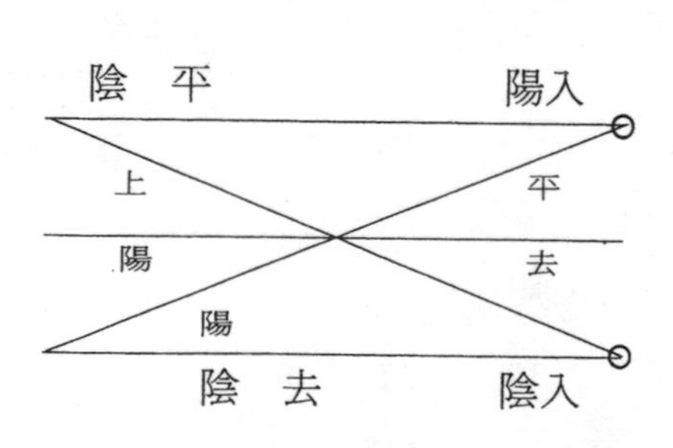

1 陰平　高平調
2 陰上　下降調
3 陰去　低平調
4 陰入　低平短調
5 陽平　上昇調

7 陽去　中平調
8 陽入　高平短調

4. 變調

以上所述是音節（字）單獨出現的情況，在文法上出現兩個音節以上緊密連結時——也許是複音節的單字，也許是一種〔結構〕（英語的 phrase）——就會發生複雜的變調現象。如果沒有學會變調的規則，與他人說話會無法相通，必須注意。下面以最基礎的情況——雙音節詞爲例作說明。

雙音節詞爲了要表示它本身是一個完整的單位，具有一個「重音核心」，但原則上此一「重音核心」位於第2音節（輕聲音節除外，它在最後的音節上）。換句話說，重音所在的音節保有原來的聲調，而在第一音節（前面的音節）發生變調的現象。

變調規律如下。

1聲 ＞7聲　hong^{17}–chhe^{1}　風吹　〈風箏〉

　　　　　tiuN^{17}–ti^{5}　張持　〈預防〉

2聲 ＞1聲　cha^{21}–khi^{2}　早起　〈早上〉

　　　　　he^{21}–sio^{1}　火燒　〈火災〉

3聲 ＞2聲　siong^{32}–pho·^{7}　相簿　〈相簿〉

　　　　　chiu^{32}–khi^{2}　蛀齒　〈蛀牙〉

4聲 ＞8聲　chit^{48}–ma^{2}　即滿　〈現在〉

　　　　　kiat^{48}–hun^{1}　結婚　〈結婚〉

5聲 ＞7聲　te^{57}–au^{1}　茶甌　〈茶碗〉

　　　　　ian^{57}–tau^{5}　緣投　〈英俊〉

7聲 ＞3聲　pe^{73}–bu^{2}　爸母　〈父母〉

　　　　　gi^{73}–lun^{7}　議論　〈議論〉

8聲 ＞4聲　chhat^{84}-a^{2}　賊仔　〈小偷〉

sek^{84}-sai^{7}　熟似　〈認識〉

以-p，-t，-k 結束的入聲（4聲和8聲），互相交替，以-h 結束的入聲，因爲〔-ʔ〕之故，獨自變調。

4聲 ＞2聲　toh^{42}-teng^{2}　桌頂　〈桌上〉

phah^{42}-sng^{3}　拍算　〈打算〉

8聲 ＞3聲　chiah^{83}-chiN^{5}　食錢　〈貪污〉

loeh^{83}-a^{2}　笠仔　〈斗笠〉

但是聽起來比原來的2聲，3聲更短。

前面已提過，輕聲音節因爲自己原來的聲調喪失，而使「重音核心」移往前面的音節。

au^{7}-jit^{80}　後日　〈後天〉

參考　au^{73}-jit^{8}　後日　〈日後〉

bo^{5} khi^{30}　無去　〈丟掉不見了〉　〔輔助結構〕

參考　bo^{57} khi^{3}　無去　〈沒有去……〉　〔存現結構〕

〔結構〕就好像一個複音節詞一般，可以用一個「重音核心」來統括它，如上述例子。在長句子（英語的 sentence）中，可以有好幾處「重音核心」。

Li^{21}-a^{2}/phaiN^{21} ke^{21}-chi^{2},/m^{73}-thang^{17} chiah^{83} choe^{7}./
李仔　歹　果子　唔　通　食　多

〈李子是不好的水果，所以不要吃太多〉

斜線分開的部分是各自的一個重音群，個別中的 a^{2}（仔），chi^{2}（子），choe^{7}（多），成爲核心的音節。

本文爲了避免印刷的煩瑣，沒有標示變調。

〔說明〕

❶也有人將 j 發成 ℓ 之音。亦即將 j 和 ℓ 合在一起，當成是相同的。這也是泉州方言的特徵之一。

❷台南人將 o〔o〕移往所謂混合母音的〔ə〕上，因此，不分 o〔ɔ〕的寬窄的區別。

漳州方言中，o 有寬窄2種發音相對應，e 也有寬窄的〔ɛ〕和〔e〕2種音。此外在泉州方言中，有一個介於 i、u 之間的〔ï〕音，是其特徵。

❸因為陰上和陽上合併，而變成7聲。潮州方言中還保存了6聲（陽上）。

先將所有陰調（1聲～4聲）掌握後，才移到陽調（5聲～8聲），是練習聲調時的要領。

台語的系統

台語廣義上屬於福建話。福建話的系統可以如下圖般追溯下去。

接近廈門方言。

但是，如果說廈門方言遍佈台北到台灣各地，那就錯了。因為泉州府 (Choan[5]–chiu[1]–hu[2]) 和漳州府 (Chiang[1]–chiu[1]–hu[2]) 的人們移居台灣，混住在一起，因而產生了今日「不泉不漳」(Put[4]–Choan[5], put[4]–Chiang[1]) 的台語。台灣人的口音有所不同，取決於所講的台語是泉州的要素濃厚，或漳州的要素濃厚。

福建話系統圖

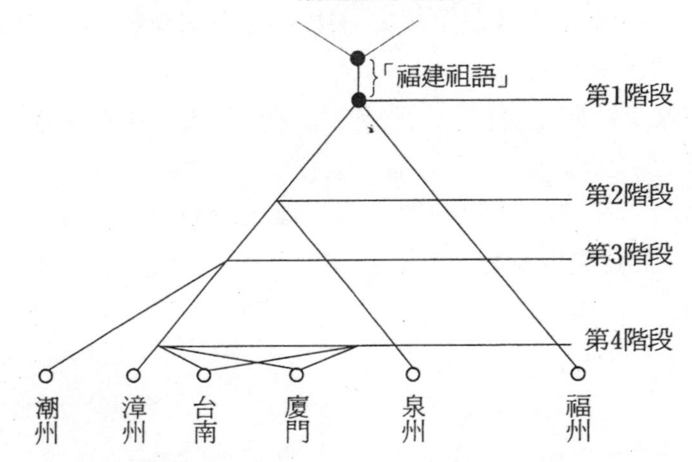

在時期劃分上，第一階段是3世紀，第二階段是6世紀，第三階段是7世紀，第四階段是17世紀。

台南是漳州方言要素較強，台北（圖中雖未出現）則是泉州方言要素較強。也就是說，後者比較接近廈門方言。

第一課／問候語

Chioh^{4}–mng^{7} le^{0}.
借 問 咧

請問一下。

Tui^{3}–put^{4}–chu^{7}.
對 不 住

對不起。

Siu^{7}–boet^{7}–khi^{2}.
受 𪜶 起

承擔不起。

Khi^{2}–kam^{2}.
豈 敢

不敢當。

Chhiaᴺ^{2}. Chhiaᴺ^{2} li^{2}….
請。 請 汝

請。請您……

Chiah^{8} pa^{2} be^{7} ?
食 飽 未

吃飽沒？

Chiah⁸ pa² la⁰.

食 飽了

吃飽了

Lai⁵ che⁷ la⁰.

來 坐 了

請到我家坐坐。

To¹–Sia⁷. Lo·²–lat⁸.

多 謝。努 力

謝謝。

Kiau²–jiau² lin⁰. Chak⁴–cho⁷ lin⁰.

攪 擾 恁。齪 曹 恁

打擾你們了。給你們添麻煩。

Sit⁴–le².

失 禮

失禮了。

Chai³–hoe⁷.

再 會

再見。

第二課／數數兒

1	chit^{8}	一	it^{4}	一
2	nng^{7}	兩	ji^{7}	二
3	saN^{1}	三		
4	si^{3}	四		
5	go·^{7}	五		
6	lak^{8}	六		
7	chhit^{4}	七		
8	poeh^{4}	八		
9	kau^{2}	九		
10	chap^{8}	十		
11			chap^{8} it^{4}	十一
12			chap^{8} ji^{7}	十二
13	chap^{8} saN^{1}	十三		
14	chap^{8} si^{3}	十四		
15	chap^{8} go·^{7}	十五		
16	chap^{8} lak^{8}	十六		
17	chap^{8} chhit^{4}	十七		
18	chap^{8} poeh^{4}	十八		
19	chap^{8} kau^{2}	十九		

20 ji^{7} chap^{8} 二十
21 ji^{7} chap^{8} it^{4} 二十一
22 ji^{7} chap^{8} ji^{7} 二十二
23 ji^{7} chap^{8} saN^{1} 二十三
⋮
30 saN^{1} chap^{8} 三十
31 saN^{1} chap^{8} it^{4} 三十一
32 saN^{1} chap^{8} ji^{7} 三十二
⋮
100 chit^{8} pah^{4} 一百
101 chit^{8} pah^{4} khong^{3} it^{4} 一百空一
102 chit^{8} pah^{4} khong^{3} ji^{7} 一百空二
⋮
110 pah^{4} it^{4} 百一
111 chit^{8} pah^{4} chap^{8} it^{4} 一百十一
112 chit^{8} pah^{4} chap^{8} ji^{7} 一百十二
⋮
120 pah^{4} ji^{7} 百二
121 chit^{8} pah^{4} ji^{7} chap^{8} it^{4} 一百二十一
122 chit^{8} pah^{4} ji^{7} chap^{8} ji^{7} 一百二十二
⋮
200 nng^{7} pah^{4} 兩百
201 nng^{7} pah^{4} khong^{3} it^{4} 兩百空一
202 nng^{7} pah^{4} khong^{3} ji^{7} 兩百空二

⋮

210 nng^{7} pah^{4} chap^{8} 兩百十

211 nng^{7} pah^{4} chap^{8} it^{4} 兩百十一

⋮

1000 chit^{8} chheng^{1} 一千

1001 chit^{8} chheng^{1} khong^{3} it^{4} 一千空一

1002 chit^{8} chheng^{1} khong^{3} ji^{7} 一千空二

⋮

1100 chheng^{1} it^{4} 千一

1101 chit^{8} chheng^{1} chit^{8} pah^{4} khong^{3} it^{4}
一千一百空一

⋮

1200 chheng^{1} ji^{7} 千二

1201 chit^{8} chheng^{1} nng^{7} pah^{4} khong^{3} it^{4}
一千兩百空一

⋮

萬 ban^{7} 萬

⋮

億 ek^{4} 億

chap^{8}-goa^{7} e^{5}❶ lang^{5}
十 外 兮 人

十幾個人

saN¹ pah⁴-goa⁷ tiuN¹ e⁵ phe¹
三百外張兮批

三百多張的信

Kui² ki¹ ? Toe⁷-kui²?
幾枝?第幾?

幾支(枝)?第幾?

〔說明〕

chit⁸ 和 it⁴、nng⁷ 和 ji⁷ 使用的區分法很麻煩。

原則上，chit⁸, nng⁷ 是基數，it⁴, ji⁷ 是當序數來使用。例如，「第1」「第2」說成 toe⁷-it⁴、toe⁷-ji⁷，而不說成 toe⁷-chit⁸、toe⁷-nng⁷。

但是，「2點」說成 nng⁷ tiam²，有不少情況是混用的。

chit⁸ 是「一」，語源不詳。it⁴ 是「一」的正確發音。nng⁷ 是「兩」(liong²) 的白話音，和「二」(ji⁷) 的系統不同。

❶數詞＋數量詞稱爲〔數量結構〕，它修飾其後的名詞。它和第14課中所說明的〔指稱結構〕極其相近。

koe^{1}和ke^1

「雞」，台北人的發音為koe^1，台南人則唸成ke^1。台北人瞧不起台南人「陳腔濫調」，台南人則瞧不起台北人「口音輕浮」。

這究竟是何道理呢？

如果你四處多聽一些福建話，就會發現以下有趣的事實。

	台北	台南	漳州	泉州	廈門	潮州
鷄	keo^1	ke^1	ke^1	kəi^1	koe^1	koi^1
洗	soe^2	se^2	se^2	səi^2	soe^2	soi^2
底	toe^2	te^2	te^2	təi^2	toe^2	toi^2
犁	loe^5	le^5	le^5	ləi^5	loe^5	loi^5

也就是台北的口音和廈門相同，台南的口音和漳州相同，其他也有如泉州和潮州的不同口音。

這個現象可以讓我們假設：福建話有一個共同的〔祖語形〕，從中分出了各地方言的形態。

提到筆者的私事有點不好意思，我的博士學位論文《閩音系研究》，就是嘗試重新建構福建話（閩南和閩北）的文言音與白話音的祖語形態。順便告知各位，一開始是先有白話音的體系，之後才有文言音的體系加諸其上。

第三課／有、無

Li^2 u^7 ah^4[1] bo^5?

汝有抑 無

你有沒有？

Bo^5, li^2 na^7 u^7, ho·^{7} goa^0[2]

無,汝那有,與我

沒有，你若有，請給我。

Goa^2 u^7 chap^8 ki^1, go·^{7} ki^1 pun^1 li^0.

我有 十 枝,五枝 分 汝

我有十枝，五枝分你。

Bin^5–a^2–chai^3 u^7 hak^8–hau^7 bo^0?

明仔再有學 校 無

明天要上學嗎？

Chit^4 nia^2 saN^1 u^7[3] sui^2 bo^5?

即 領 衫有美無

這件衣服漂亮嗎？

U^7 thiaN^1–kiN^3 siaN^1, bo^5 khoaN^3–kiN^3 iaN^2.

有 聽 見 聲,無 看 見影

只聞其聲，不見其人。

Hit^4 pun^2 chheh^4 boe^2 u^7 tioh^8 bo^5 ?

彼本　冊 買有着 無

有買到那本書嗎？

Ban^7 khi^3, soah^4 boe^2 bo^5 tioh^8.

慢 去, 煞 買 無 着

太晚去，沒買到。

Bo^5 so·^{2}–chai^7 thang^1 khun^{3}❹

無所 在 通　困

沒有地方可睡覺。

U^7 chiN^5 thang^1 eng^7.

有錢 通 用

有錢可用。

U^{7}❺ chit^8 e^5 peng^5–iu^2 tui^3 Jit^8–pun^2 lai^5.

有 一 兮朋 友對日本 來

有一個朋友從日本來。

U^7 lang^5 teh^4 kong^2 li^2 e^5 phaiN^2–oe^7.

有 人 著 講 汝兮 歹 話

有人在說你的壞話。

〔說明〕

❶ ah^4（抑），是以接續詞將2個（以上）的事物相連結（〔並列結構〕），讓聽話者選擇其中任一方。

台語的疑問句，有以下三種類型：

(1)二選一。

(2)使用疑問詞。

(3)利用句尾上揚的語調。

❷（人稱）指示詞的意思變得不重要，所以容易喪失原本的聲調。

❸如此表現法是中文裡沒有的。

❹ thang^{1} khun^{3}（通困），補充說明前面的 bo^{5} so·^{2}–chai^{7}（無所在）。〔補充構造〕

❺並非動詞，而是不定稱指示詞〈有～〉的使用法。

第四課／會、不會

Lin^{2} oe^{1} siu^{5} ah^{4} boe^{7} ?
恁 會 泅 抑 𣍐

你們會不會游泳？

Goan^{2} oe^{7}, ma^{5} i^{1} boe^{7}.
阮 會，然伊 𣍐

我們會游，但他不會。

Tek^{4}–bun^{5} li^{2} oe^{7} boe^{7} ?
德 文 汝會 𣍐

你會不會德文？

Gin^{2}–a^{2} iau^{2} boe^{7}–hiau^{2} kiaN^{5}.
囝仔 猶 𣍐 曉 行

小孩子還不會走路。

Oe^{7}–hiau^{2}–tit^{0} e^{0} ka^{3} boe^{7}–hiau^{2}–tit^{0} e^{0}.
會 曉 得兮教 𣍐 曉 得 兮

會的教不會的。

Cha^{7}–hng^{1} bo^{5}–eng^{5}, boe^{7}–tang^{3} lai^{5}.
昨 昏 無 閑，𣍐 當 來

昨天很忙，沒法來。

Goa^{2} oe^{7}–tang^{3} ka^{7} li^{2} tau^{3}–kha^{1}–chhiu^{2}.
我 會 當 給 汝 鬪 跤 手

我可以幫你忙。

Bo^{5} koan^{1}–he^{7} e^{5} lang^{5} boe^{7}–sai^{2} jip^{8} lai^{0}.
無 關 係 兮 人 𠢕 使 入 來

閒雜人等禁止進入。

Chhong^{3} an^{2}–ni^{1}, oe^{7}–eng^{7}–tit^{0} boe^{7} ?
創 按 呢, 會 用 得 𠢕

這樣做，可以嗎？

Che^{1} oe^{7} chiah^{8} tit^{0}.
者 會 食 得

這可以吃。

Soe^{3} nia^{2} la^{0}, boe^{7} chheng^{7} tit^{0}.
細 領 了, 𠢕 穿 得

變小了，穿不下。

Li^{2} oe^{7} theng^{3}–hau^{7} tit^{0} goa^{0} boe^{7} ?
汝 會 聽 候 得 我 𠢕

你會等候我嗎？

〔說明〕

oe^{7}（會）〈會〉，boe^{7}（𠢕）〈不會〉，是最具代表性的情意詞。在這兩個字之後加上–hiau^{2}（曉），–tang^{3}（當），–sai^{2}

（使），–eng[7]（用）等，而有微妙的使用區分。

所謂情意詞，是強烈表示主觀的情緒或評價的詞語。

大致上後面可以跟著動詞（〔認定結構〕），也可單獨使用。這一點和副詞有很大的不同。

第五課／介詞的用法

Tui^{3} hak^{8}–hau^{7} tng^{2} lai^{0} ❶.
對 學 校 轉 來

從學校回來。

Eng^{7} to^{1} siah^{4} kam^{1}–chia^{3}.
用 刀 析 甘 蔗

用刀削甘蔗。

Ti^{7} pang^{5}–lin^{0} teh^{4} ❷ chhong^{3} sim^{2}–mih^{0} ?
著 房 裡 著 創 甚 麼

在房內做什麼？

Tiam^{3} teng^{5}–a^{2}–kha^{1} hioh^{4} ho·^{7}.
站 停 仔 跤 歇 雨

站在騎樓下避雨。

I^{1} ho·^{7} chhia^{1} kauh^{4} tioh^{0}.
伊 與 車 餃 着

他被車輾到了。

Hi^{5} ho·^{7} niau^{1} ka^{7} khi^{0}.
魚 與 猫 咬 去

魚被貓咬走。

Peh^{4} kam^{1}–a^{2} ho·^{7} i^{1} chiah^{8}.

擘 柑仔與伊食

剝橘子給他吃。

Ka^{7} i^{1} chian^{2}–piat^{8}.

給伊 餞 別

幫他餞別。

Hia^{1} e^{5} chap^{8}–chi^{3} ka^{7} goa^{2} siu^{1}–siu^{1} le^{0}.

夫兮 雜 誌 給我收收咧

那些雜誌幫我收一收。

Ka^{7} sian^{1}–siN^{1} chioh^{4} chheh^{4}.

給先生 借 册

向老師借書。

Kio^{3} i^{1} khi^{3} chhiaN^{2} i^{1}–seng^{1} lai^{5}.

叫伊去 請 醫生來

叫他去請醫生來。

Li^{2} khi^{3} kio^{3} gin^{2}–a^{2} m^{7}–thang^{1} sng^{2}.

汝去叫囝仔唔 通 損

你去叫孩子們不要玩。

〔說明〕

所謂介詞，是指產生像英語的前置詞 (on, at, from) 那樣功能的（語法）詞類。

數量雖然不多，但出現很頻繁，需要注意。

介詞由動詞而來，是隨動詞的意思弱化、淡化衍變成的。介詞之後必定有名詞、指示詞作為受詞，形成〔介詞結構〕，整個結構修飾其後的動詞、形容詞。

❶ lai⁰（來），是表示〈做～回來〉之意的助動詞。所謂助動詞，是接於動詞、形容詞之後，表示動作、狀態的方向、結果等的詞類。稱為〔輔助結構〕。本課中，其他還出現了 tioh⁰（着）和 khi⁰（去）二字。除了視助動詞之後接續的單字情況之外，都要讀輕聲。

❷ teh⁴（著）〈正在……〉，是表示動作、狀態的進行、持續的副詞。副詞的功能是修飾後面的動詞、形容詞。〔修飾結構〕

第六課／開始、持續、結束

Khi^{3} chhau^{2}–toe^{7}.

去 草 地

去鄉下。

Beh^{4} khi^{3} chhau^{2}–toe^{7}.

要 去 草 地

要去鄉下。

Khi^{3} chhau^{2}–toe^{7} la^{0}.

去 草 地 了

去鄉下了。

Iau^{2} be^{7} khi^{3} chhau^{2}–toe^{7}.

猶 未 去 草 地

還沒去鄉下。

Beh^{4} lai^{5}❶ khi^{3} chhau^{2}–toe^{7} chit^{0}–e^{0}❷.

要 來 去 草 地 一 下

要去鄉下一趟。

Hong^{1}–thai^{1} teh^{4}–beh^{4} lai^{5} la^{0}.

風 篩 著 要 來 了

颱風就快來了。

Lam5–po·7 teh4 choe3 hong1–thai1.
南 部 著 做 風 篩

南部在刮颱風。

Toh4–teng2 chhit4 liau2 be7 ?
桌 頂 拭 了 未

桌上擦了沒？

Toh4–teng2 chhit4 liau2 la0.
桌 頂 拭 了 了

桌上擦好了。

〔說明〕

台語中沒有像英語那樣的 tense（時態），但仍可以表達過去、現在、未來。利用完了態、持續態、開始態之類的 aspect（態），即能充分表達。

順便一提，台語的動詞，在有關態（或時間）的表達上，原則上可說是中立的。

❶ lai5（來），有兩個詞類。
動詞　「來」。
情意詞　將要去做。表明意志。
在此是當情意詞用。

❷原本 chit8 e7（一下），有〈一次〉的意思，但弱化爲助動詞。表示輕微或嘗試性的動作。

台語課本

許多人抱怨：想學台語卻沒有好的課本。這在我也難卸一部分的責任。總之，是因爲書賣不出去而沒有人願意出版，也沒有人寫書，這不得已的原委尚請鑒諒。

儘管如此，在日據時代，因爲必須了解被統治者的語言，他們可是付出了相當的努力。如今在神田的舊書店，偶爾還可看到下列書籍：

岩崎敬太郎《新撰日台言語集》大正2年
劉克明《台語大成》大正5年
台灣總督府《日台大辭典》明治40年
台灣總督府《台日大辭典》昭和7年

如果懂得教會羅馬字的話，有：

甘爲霖 (W. Campbell)《廈門音新字典》

總之，這可說是最方便合適的字典。只是你必須先知道這本字典的內容是標注漢字的發音並解釋意思。

拙著《台灣語常用語彙》（1957年），這本自費出版的專書僅印300本，當初曾以類似強迫推銷的方式四處向台僑兜售，後來日本以及歐美的研究所和圖書館的訂單紛至，現在已屬珍本了。

Lin^{2} khah^{4} kin^{2}, ah^{4} in^{1} khah^{4} kin^{2}?

恁 較 緊，抑 俱 較 緊

你們比較快？還是他們比較快？

Sio^{2}–ti^{7} pi^{2} hiaN^{1}–ko^{1} khah^{4} toa^{7}–han^{3}.

小弟比兄 哥 較 大 漢

弟弟長得比哥哥高大。

Kin^{1}–a^{2}–jit^{8} pi^{2} cha^{7}–hng^{1} khah^{4} koaN^{5}.

今仔日比昨 昏 較 寒

今天比昨天還冷。

U^{7} khah^{4} toa^{7} liap^{8} e^{0} bo^{5}?

有較 大 粒 兮無

有比較大粒的嗎？

Ng^{7} pun^{2} piN^{5} toa^{7} pun^{2}.

兩 本 平 大 本

兩本尺寸大小一樣。

Che^{1} kap^{4} he^{1} bo^{5} saN^{1}–tang^{5}.

者 佮 夫 無 相 同

這個與那個不同。

In[1] khia[7] sio[1]–siang[7] so·[2]–chai[7].
俚 徛 相 像 所 在

他們住在同樣的地方。

Leng[2] kah[4] ❶ chhin[1]–chhiuN[7] ❷ peng[1].
冷 及 親 像 氷

冷得像冰。

〔說明〕

❶ kah[4]（及），一般認爲是 kau[3]（夠）〈到～〉的弱化形。以動詞・形容詞＋kah[4] 的句型被使用。彌補解釋之前的動作、狀態。

❷ chhin[1]–chhiuN[7]（親像），後面總是會接名詞，意思爲〈像～一樣〉。

第八課／副詞、接續詞

Bi^{2}–kok^{4}, goa^{2} bat^{4} khi^{3}.

美 國, 我 捌 去

美國，我去過。

Tui^{3} hak^{8}–hau^{7} sui^{5} tng^{2} lai^{0}.

對 學 校隨 轉來

從學校立即回來。

I^{1} hian^{7} ti^{7} pang^{5}–lin^{0}.

伊現著房 裡

他現在在房裡。

Lian^{5} kau^{5} to^{1} peh^{4} boe^{7} khi^{2} khi^{0}.

連 猴都擘 獪 起 去

連猴子都爬不上去。

Chit^{4} tiuN^{1} choa^{2} siuN^{1} kau^{7}.

即 張 紙 傷 厚

這張紙太厚。

Tai^{5}–pak^{4}, lang^{5} thai^{3} choe^{7}.

台 北 人 太 多

台北，人太多。

Ju[2] hng[7] ju[2] siok[8].
愈 遠 愈 俗

愈遠愈便宜。

Ian[5]–lo·[7] kiaN[5], ian[5]–lo·[7] kong[2] oe[7].
沿路 行，沿路 講 話

邊走邊聊。

Ka[7] kha[1] kap[4] chhiu[2].
咬 跤 佮 手

咬腳和手。

Be[7]–cheng[5] oh[8] kiaN[5], tioh[8] beh[4] oh[8] pe .
未 曾 學 行，着 要 學 飛

還沒學走路，就要學飛。

Chun[2]–choe[3] i[1] si[2], li[2] beh[4] an[2]–choaN[2] ?
準 做 伊 死，汝 要 按 怎

假設他死，你要怎樣？

In[1]–ui[7]–loh[8] ho·[7], so·[2]–i[2] bo[5] lau[7]–jiat[8].
因爲 落 雨，所以 無 鬧 熱

因爲下雨，所以不熱鬧。

〔說明〕

副詞同樣是由動詞而來，很少由形容詞而來。副詞無法單獨在句中使用。

接續詞連接二個以上的單字，或接續句子。可以放在句首，也可置於句中。

第九課／初次見面

Li^{2} si^{7} ❶ –siaN^{2} ❷ –lang^{5} ?
汝是 啥 人

您是哪位？

Goa^{2} siN^{3} Tan^{5} ❸, mia^{5}–choe^{3} Phok^{4}–ho^{5}
我 姓 陳, 名 做 博 和

我姓陳，名叫博和。

Chit^{4}–ma^{2} teh^{4} chhong^{3} sim^{2}–mih^{0} ?
即 滿著 創 甚 麼

現在在哪兒高就？

Goa^{2} iau^{2} teh^{4} thak^{8}–chheh^{4}.
我 猶著 讀 册

我還在唸書。

Chit^{4} ui^{7} si^{7} li^{2} e^{5} sim^{2}–mih^{8} lang^{5} ?
即 位是汝兮甚 麼 人

這位是您的什麼人？

I^{1} si^{7} goa^{2} e^{5} sio^{2}–ti^{7}.

伊是我兮小弟

他是我弟弟。

Chhiaɴ^{2} lin^{2} chia^{1} che^{7}.

請 恁 者 坐

請您們這兒坐。

To^{1}–sia^{7}, goan^{2} liam^{5}–piɴ^{1} beh^{4} chau^{2}.

多謝, 阮 連 鞭 要 走

謝謝，我們馬上要走了。

M^{7}–thang^{1} soe^{3}–ji^{7}, lan^{2} oe^{7}–tang^{3} sek^{8}–sai^{7} si^{7} chin^{1} ho^{2} e^{5} tai^{7}–chi^{3}.

唔 通 細膩,咱 會 當 熟 似是 眞 好兮 事 志

不要客氣，我們能認識是件很好的事。

〔說明〕

指示詞

	名詞性		形容詞性	副 詞 性
	事 物	場 所		
近 稱	che^{1}	chia^{1}	chit^{4}	chiah^{4}(–lin^{0})
遠 中 稱	he^{1}	hia^{1}	hit^{4}	hiah^{4}(–lin^{0})

沒有遠稱、中遠稱的區別，也沒有單數、複數的區別。在副詞的用法中，可以省略接尾辭–lin^{0} 。

人稱指示詞

<table>
<tr><th></th><th>單　　數</th><th>複　　數</th><th>統　　稱</th></tr>
<tr><td>第一人稱</td><td>goa^{2}</td><td>goan^{2}, gun^{2}</td><td rowspan="2">lan^{2}</td></tr>
<tr><td>第二人稱</td><td>li^{2}</td><td>lin^{2}</td></tr>
<tr><td>第三人稱</td><td>i^{1}</td><td>in^{1}</td><td></td></tr>
</table>

gun^{2} 是 goan^{2} 的–a– 脫落後的形態。lan^{2} 是除了第三者的情況外，或許是 li^{2}＋goan^{2} 的短縮形態。

❶ si^{7}（是），後面通常會有補語出現。原則上補語是名詞性的字眼。〔是非結構〕

❷ siaɴ^{2}，是 sim^{2}–mih^{0} 的短縮形態。

❸〈陳是我的姓氏〉之意。是以 動詞＋受詞 的〔對向結構〕所構成。

第十課／時間

Kin^{1}–a^{2}–jit^{8} pai^{3}–kui^{2} ?

今 仔日 拜 幾

今天星期幾？

Cha^{7}–hng^{1} Pai^{3}–saɴ^{1}, kin^{1}–a^{2}–jit^{8} chiu^{7}–si^{7} Pai^{3}–si^{3}.

昨 昏 拜 三,今仔日就 是 拜四

昨天是星期三，今天就是星期四。

E^{7}–hng^{1}, li^{2} u^{7} eng^{5} bo^{5} ?

下 昏,汝有閑 無

今天晚上你有空嗎？

E^{7} hng^{1} bo^{5}, bin^{5}–a^{2}–chai^{3} am^{3} sim^{2}–mih^{8}–khoan^{2} ?

下 昏 無,明 後 再 暗 甚 麼 款

今天晚上沒空，明天晚上如何？

Li^{2} kin^{1}–ni^{5} kui^{2} he^{3} ?

汝今年幾歲

你今年幾歲？

Kin^{1}–ni^{5} tu^{2}–ho^{2} ji^{7} go·^{7} he^{3}.

今 年 抵好二 五 歲

今年剛好二十五歲。

An^{2}–ni^{1}, m^{7} chit^{7} chheng^{1} kau^{2} pah^{4} si^{3} chap^{8} chhit^{4} ni^{5} chhut^{4}–si^{3} e^{0} ?
按呢,唔一 千 九百四十 七 年 出世兮

這樣啊，那你不就是1947年出生的？

Si^{7}, hit^{4} ni^{5} e^{5} Chap^{8}–geh^{8} chhoe^{1}–ji^{7}.
是,彼年兮 十 月 初 二

是的，那年的十月二日。

Chit^{4}–ma^{2} m^{7} chai^{1} kui^{2} tiam^{2} ?
即 滿唔 知 幾 點

現在不曉得是幾點鐘？

Koh^{4} go·^{7} hun^{1} tioh^{8} si^{3} tiam^{2}.
閣 五 分 着四 點

再5分鐘就4點。

Li^{2} e^{5} si^{5}–pio^{2} u^{7} tui^{3} bo^{5} ?
汝兮時錶有 對 無

你的手錶準嗎？

KhoaN^{3} saN^{1} tiam^{2} e^{5} si^{5}–po^{3} chhiau^{5} e^{0}.
看 三 點兮時報 移 兮

看3點鐘的報時調的。

與林獻堂先生會面

1944年秋天，才剛從日本返台不久的我，前往霧峰 (Bu[7]–hong[1]) 拜訪了以前就很尊敬的台灣偉大的領導者林獻堂 (Lim[5] Hian[3]–tong[5]) 先生。因為「菜瓜鬚肉豆藤」(chhai[3]–koe[1]–chhiu[1], bah[4]–tau[7]–tin[5]) 的牽扯，林先生也是我的遠房親戚。

林先生對當時才20歲、乳臭未乾的我，給予熱情的招待，親自帶我遊覽林家自豪的庭園——萊園 (Lai[5]–hng5)。還談及我的家族長輩，問我〝Leng[7]–chun[1] kui[3]–keng[1] ?〞leng[7] chun[1] 是令尊，我知道那是對別人父親的敬稱，但面對 kui[3]–keng[1] 的詢問，則令我張惶失措。因為父親有許多出租的房子；我想他是不是問我出租的房子有 kui[2] keng[1]（幾間），而回答說：Saᴺ[1] chap[8] keng[1]（三十間），令他哈哈大笑。

〝M[7]–si[7], Si[7] mng[7] khoaᴺ[3] kui[2] he[3] .〞（唔是，是問看幾歲。）他這麼解釋。什麼，原來是問這個，眞是令我又慚愧，又自覺好愚蠢。

但是，各位知道 kui[3]–keng[1] 的單字是什麼嗎？根據《台日大辭典》上寫的是〈貴庚〉，解釋為「禮貌地問人年齡時的用語」，相反詞是 chian[7]–keng[1]（賤庚）。

Chhia^{1}–thau^{5} beh^{4} an^{2}–choaN^{2} khi^{3} ?

車 頭 要按 怎 去

車站要怎麼去？

Chit^{4} tiau^{5} lo·^{7}, li^{2} ka^{7} i^{1} oat^{4} tui^{3} to^{3}–chhiu^{2}–peng^{5} khi^{3} tioh^{8} kau^{3}.

即 條 路,汝給伊乞對倒 手 朌 去 着 夠

這條路，你給彎左手邊就到了。

Ai^{3} [1] kiaN^{5} joa^{7} hng^{7} ?

愛 行 若 遠

要走多遠？

Sui^{5} kau^{3}, Bian^{2} chap^{8} hun^{1}.

隨 夠, 免 十 分

馬上就到，不用10分鐘。

Li^{2} kam^{2} oe^{7}–tang^{3} chhoa^{7} goa^{2} khi^{3} ?

汝敢 會 當 焘 我 去

你可以帶我去嗎？

Ho^{2} koh^{0}. Li^{2} chhiaN^{2} tan^{2} le^{0}.

好 嘓, 汝 且 等咧

好啊！你且等一下。

Goa[2] lai[5] khi[3] ka[7] thau[5]–ke[1] kong[2] chit[0]–e[0].
我 來去給 頭 家 講 一下

我去跟老闆說一聲。

Chhau[2]–toe[7] lang[5] han[2]–tit[4] chhut[4]–goa[7], bong[1] bo[5] lo·[7].
草 地人 罕 得 出 外, 摸 無路

鄉下人難得出遠門，不知道路怎麼走。

Lau[7]–lang[5] ka[1]–ti[7] chit[8] e[5] teh[4] kiaN[5] lo·[7], chin[1] gui[5]–hiam[2],
老 人 家己一兮著 行 路, 眞 危 險

老人家自己一個人在路上走，真危險，

tioh[8] khah[4] soe[3]–ji[7] le[0].
着 較 細膩咧

要小心一點。

〔說明〕

❶ ai[3]（愛），是很有趣的單字。「愛～」，例如 ai[3] cha[1]–bo·[2]（愛查娒），原義爲〈愛女人〉，但也有〈有必要，花（錢）〉的意思，也轉義成〈非……不可〉的情意詞。客家語也是如此。

第十二課／買車票

Goan^{2} beh^{4} thiah^{4} ❶ Koan^{1}–kong^{1}–ho^{7} e^{5} chhia^{1}–phio^{3}.

阮 要 拆 觀 光 號 兮 車 票

我們要買觀光號的車票。

Chia^{1} bo^{5} teh^{4} boe^{7}, chhiaN^{2} li^{2} khi^{3} hiuN^{3}–peng^{5}.

者 無 著 賣, 請 汝 去 向 旁

這兒沒賣，請你去那邊。

Kau^{2} tiam^{2} e^{5} chiuN^{7} pak^{4} ❷ e^{0} kam^{2} iau^{2} u^{7} ?

九 點 兮 上 北 兮 敢 猶 有

9點鐘北上的（車票）還有嗎？

Ian^{2} u^{7}, ai^{3} kui^{2} tiuN^{1} ?

猶有,愛幾 張

還有，要幾張？

Kau^{3} Koe^{1}–lang^{5} ❸ toa^{7} –lang^{5} chit^{8} tiuN^{1}, gin^{2}–a^{2} chit^{8} tiuN^{1}.

夠 雞 籠, 大 人 一 張, 囝仔 一 張

到基隆的，一張大人的，一張小孩的。

Long^{2}–chong^{2} saN^{1} pah^{4} siap^{4} ❹ go·^{7}.

攏 總 三 百四–十 五

總共345元。

An^{2}–choaN^{2} sng^{3} ?
按 怎 算

怎麼算的？

Toa^{7}–lang^{5} ji^{7}–a^{2}–saN^{1}, gin^{2}–a^{2} poaN^{3}–ke^{3}.
大 人二仔三, 囝仔半 價

大人230元，小孩子半價。

O·^{3}, iu^{7}–koh^{4} khi^{2} ke^{3} ❺ la^{0}.
哦,又 閣 起價 了

哦，又漲價了。

Bo^{5}–hoat^{4}–to·^{7}, m^{7} si^{7} goa^{2} e^{5} chek^{4}–jim^{7}.
無 法 度,唔是我兮責 任

沒辦法，不是我的責任。

Go·^{7} pah^{4} kho·^{1} ho·^{7} li^{2} chau^{7}.
五 百 箍 與 汝 找

500元給你找。

KoaN^{2}–kin^{2}, he^{2}–chhia^{1} beh^{4} lai^{5} la^{0}.
趕 緊,火 車 要 來了。

快一點，火車要進站了。

〔說明〕

❶ thiah^{4}（拆），原義是〈將紙等撕開〉，「買」是它的衍生義。由於車票是整疊一張張撕下來賣給人的，因此才會出現

〈買車票〉的意思。

❷ chiuN^{7} pak^{4}（上北）〈北上〉的相反是 loh^{8} lam^{5}（落南）〈南下〉。這可說是對南北狹長的台灣島的貼切表現。

❸ koe^{1}–lang^{5}（鷄籠）〈基隆〉，是從高砂族語的 ketaganan〔自己（複數）〕轉訛而來。改稱爲「基隆」(ki^{1}–liong^{5}) 是在1875年。

❹ siap^{4}（四–十）〈40〉是 si^{3} chap^{8} 的短縮形態。另外，ji^{2}–a^{2}–saN^{1}（二仔三）〈230〉的 a^{2}，是自 pah^{4} 變調而成 pa^{2}，再變成脫落 p– 的形態。

❺ khi^{2} ke^{3}（起價）〈漲價〉是動詞＋名詞，此時的名詞並非受詞。此稱爲〔存現結構〕，動詞後面的名詞等於主語。loh^{8} soeh^{4}（落雪）〈下雪〉，khui^{1} hoe^{1}（開花）〈開花〉，u^{7} chiN^{5}（有錢）〈有錢〉等，情況也一樣。

第十三課／電話

Goa² bo⁵ ti⁷ le⁰, u⁷ tian⁷–oe⁷ lai⁵ bo⁵ ?
我 無著咧,有電 話來無

我不在時，有電話來嗎？

U⁷, Ng⁵ lut⁸–su¹ u⁷ kha³ lai⁰.
有,黃 律 師有敲 來

有，黃律師打來過。

Kong² an²–choaɴ² ?
講 按 怎

說了什麼？

Kong² u⁷ tai⁷–chi³ beh⁴ kap⁴ li² chham¹–siong⁵.
講 有 事 志 要 佮 汝 參 詳

說有事情要跟你商量。

Li² kha³ tian⁷–oe⁷, chhiaɴ² i¹ chhut⁴ lai⁵ thiaɴ¹. Ng⁵ lut⁸–su¹ hia¹,
汝 敲 電 話, 請 伊 出 來 聽, 黃 律 師 夫

你打電話去，請他來聽。黃律師那邊（的電話），

li² oe⁷ ki³ tit⁰ ho·ɴ⁰.
汝會記得嚄

你記得吧？

Oe^{7}, liok^{8} pat^{4} kiu^{2} it^{4} ❶
會, 六 八 九 一

記得，6891。

Tioh^{8}, na^{7} chhut^{4} lai^{0}, chiah^{4} kio^{3} goa^{0}.
着, 那 出來, 即 叫 我

對，若打通，再叫我。

Oe^{2}, oe^{2}, si^{7} Ng^{5} lut^{8}–su^{1}……?
喂,喂,是黃律師

喂，喂，是黃律師……？

Goan^{2} chia^{1} si^{7} liok^{8} chhit^{4} kiu^{2} it^{4}.
阮 者是 六七 九一

我們這裡是6791。

O·^{3}, sit^{4}–le^{2}, goa^{2} kha^{3} m^{7}–tioh^{8}.
哦,失禮,我 敲 唔 着

哦，抱歉，我打錯了。

Bọ^{5}–iau^{3}–kin^{2}, chhiaᴺ^{2} li^{2} teng^{5} kha^{3}.
無 要 緊, 請 汝 重 敲

沒關係，請你重打。

〔說明〕

❶像電話號碼這種一連串的數字，想一字字正確地告知對方時，大多是使用文言音。雖然用白話音說成 lak^{8} poeh^{4} kau^{2} chit^{8}

也可以通。

Chiah^{4}–ku^{2} seng^{1}–li^{2} ho^{2} m^{0} ?

即 久 生 理好唔

近來生意好嗎？

Chha^{1}–put^{4}–to^{1}.

差 不 多

差不多。

Seng^{1}–li^{2}–lang^{5} kong^{2} chha^{1}–put^{4}–to^{1}, tioh^{8}–si^{7} boe^{7} bai^{2} e^{5} i^{3}–su^{3}.

生 理 人 講 差 不 多, 着 是 獪 僫兮意思

生意人說差不多，就是〝不錯〞的意思。

Li^{2} m^{7} chai^{1}, Tai^{5}–oan^{5} chhi^{7}–tiuN^{5} oeh^{8}, keng^{7}–cheng^{1} iu^{7}

汝唔 知, 台 灣 市 場 狹, 競 爭 又

你有所不知，台灣市場狹小，競爭又

kek^{4}–liat^{8}.

激 烈

激烈。

Ju^{2} lai^{5} ju^{2} phaiN^{2} choe^{3}.

愈來愈 歹 做

愈來愈難做。

Khui[1] lu[2]–sia[7] kong[2] boe[7] bai[2] ?
開 旅社 講 𫝛 僫

聽說開旅館不錯。

Ma[7] tioh[8]–ai[3] toa[7] keng[1], siat[4]–pi[7] koh[4] ho[2].
也 着愛大 間, 設 備 閣好

也得要大間，設備又好。

Long[5]–chhng[1] e[5] keng[2]–khi[3] ho[2] ah[4] bai[2]?
農 村 兮景 氣好抑僫

農村的景氣好或壞？

Tong[1]–jian[5] si[7] bai[2], ku[7]–ni[5] hit[4] pang[1] hong[1]–thai[1] ❶ chin[1] li[7]–hai[7].
當 然是僫,舊年彼 幫 風 篩 眞利害

當然是不好，去年那個颱風真是厲害。

〔說明〕

❶ hit[4] pang[1] hong[1]–thai[1]（彼幫風篩）〈那一回的颱風〉，是指示詞＋量詞＋名詞結合而成。

原則上指示詞不能直接連接名詞。指示詞＋量詞的結合力極強，因此被稱爲〔指示結構〕。此種〔指示結構〕，也可認爲是在修飾後面的名詞。

第十五課／在服飾店

Chit^{4} nia^{2} kho·^{3},li^{2} chheng^{7} khoaN^{3}–bai^{7}.
即 領 褲,汝 穿　看 覓

這件褲子，你穿穿看。

Chin^{1} hah^{8}.
眞 合

真合適。

Oe^{7} khah^{4} so·^{3} boe^{0} ?
會 較 素 𣍐

會不會有點樸素？

Chit^{4} ho^{7} sek^{4} khah^{4} boe^{7} kiaN^{1}–lang^{5}.
即 號 色 較 𣍐 驚 人

這個顏色比較不會嚇到人。

Chit^{4} tiau^{5} nia^{2}–toa^{3}, li^{2} u^{7} kah^{4}–i^{3} bo^{0} ?
即 條 領 帶,汝有合意無

這條領帶，你喜歡嗎？

Kah^{4}–i^{3} si^{7} kah^{4}–i^{3} ❶, m^{7}–ku^{2} thai^{3} kui^{3}.
合意是合意,唔拘 太 貴

喜歡是喜歡，不過太貴了。

Bo^{5}–iau^{3}–kin^{2}, goa^{2} boe^{2} sang^{3} li^{0}.

無 要 緊，我 買 送 汝

不要緊，我買來送你。

Chin^{1} siu^{7}–boe^{7}–khi^{2}.

眞 受 膾 起

真擔受不起。

Sun^{7}-soa^{3} boe^{2} kui^{2} tiau^{5}–a^{2} ❷ chhiu^{2}–kun^{1}.

順 續 買 幾 條 仔 手 巾

順便買幾條手巾。

Boe^{2} ho·^{7} lin^{2} sio^{2}–chia^{2} si^{7} m^{0} ?

買 與 恁 小 姐 是 唔

買給令嫂是嗎？

Chhin^{3}–chhai^{2}, ang^{5} e^{0}, ng^{5} e^{0}, lek^{8} e^{0} chham^{1}–chham^{1} le^{0}.

稱 彩，紅 兮，黃 兮，綠 兮 參 參 咧

隨便，紅的黃的綠的摻一起。

Lam^{7} koa^{2} hoe^{1}–a^{2} e^{0} kam^{2} ho^{2} ?

濫 可 花 仔 兮 敢 好

摻些花點的，可以嗎？

〔說明〕

❶像 kah^{4}–i^{3} si^{7} kah^{4}–i^{3}（合意是合意）〈中意是中意〉這樣，可以使用相同的單字中間用 si^{7}（是）隔開，來反覆表達。例

如：

I^{1} si^{7} I^{1}（伊是伊）〈他是他〉

Sui^{2} si^{7} sui^{2}（美是美）〈美是美〉

通常是暫時先肯定某一事實，然後以「不過……」的語氣來接下去說。

❷此時 a^{2}（仔），並不是連接前面的量詞，而是對應前面的數詞。也就是，以數詞（～仔）的形式，含糊地表現出這個數目的前後範圍。

第十六課／去市場購物

Kin^{1}–a^{2}–jit^{8} beh^{4} chhiaN^{2} lang^{5}–kheh^{4}, li^{2} khi^{3} chhai^{3}–chhi^{7}–a^{2}

今仔日要請人客,汝去菜市仔

今天要請客，你去菜市場

boe^{2} nng^{7} kun^{1} ti^{1}–bah^{4}, chit^{8} be^{2} ang^{5}–poaN^{2}, ah^{8} he^{5}–a^{2}

買兩斤猪肉,一尾紅魬,亦蝦仔

買2斤豬肉，一尾紅鯛，然後蝦子

na^{7} u^{7} chhiN^{1} e^{0}, soa^{3} chhin^{3} nng^{7}–saN^{1} kun^{1} lai^{0}.

那有鮮兮,續秤兩三斤來

若有新鮮的，順便買兩三斤回來。

Ho^{2}, chim^{5}–a^{2} na^{7} u^{7}, kam^{2} beh^{4} boe^{2}?

好,蟳仔那有,敢要買

好的，若有蟳，要買嗎？

Keng^{2} na^{7} u^{7} teng^{7} e^{0}, chiah^{4} boe^{2} saN^{1}–si^{3} chiah^{4}–a^{2}.

揀那有奠兮,即買三四隻仔

若挑有硬的，才買個3、4隻。

ChhiN^{1}–chhai^{3} ai^{3} ah^{4} bian^{2}?

青菜愛抑免

蔬菜要不要？

Chhu^3–lin^0 iau^2 u^7, m^7–bian^2.

厝 裡 猶有,唔 免

家裡還有，不必。

Chiu^2 le^0 ?

酒 咧

酒呢？

U^7–iaN^2, bo^5 koh^4 hoan^1–hu^3 kiaN^1 bo^5 kau^3.

有影,無 閣 吩 咐 驚 無 夠

真的，不再吩咐，怕會不夠。

Beh^4 beh^8–a^2–chiu^2 ah^4–si^7 jit^8–pun^2–chiu^2 ?

要 麥 仔 酒 抑 是 日 本 酒

要啤酒還是日本酒？

Kah^4 i^1 koaN^7 chit^8 taN^2 beh^8–a^2–chiu^2 lai^0.

教 伊 捾 一 打 麥 仔 酒 來

叫他送一打啤酒來。

文言音和白話音

各位有必要先知道漢字的發音中，有文言音和白話音的區別（前項是文言音）：

〝山〞san¹：soaN¹

〝初〞chho·¹：chhoe¹

〝力〞lek⁸：lat⁸

〝甲〞kap⁴：kah⁴

曾教導我文言音讀法的，是書房（私塾）的老師。誦讀《三字經》《四書》《唐詩》，必定要使用文言音。如果不用文言音讀，眞的會挨老師的拳頭。有五萬以上的漢字有文言音。在書房的老師都已消失的今日，如果沒有前輩的教導而獨自苦學的話，除了查自古以來的《十五音》(sip⁸–ngo·²–im¹) 這本字典，或甘爲霖的《廈門音新字典》(E⁷–mng⁵–im¹–sin¹–ji⁷–tian²) 外，別無他法。

白話音勿需旁人教導，從常用的單字中自己歸納即可。正確的白話音和文言音之間，有規則性的對應關係，讀者應該能夠發現。但是，像以下這些情況：

〝肉〞jiok⁸：bah⁴〈肉〉

〝塊〞khoai³：te³〈塊〉

〝賢〞hian⁵：gau⁵〈優秀〉

〝解〞kai²：thau²〈解開〉

怎麼看都不是有規則的。這也難怪，首先，這些是口語用法，只是借用意思相近的漢字而已。和日語的訓讀相似。

那麼正確的漢字為何？讀者是否會產生興趣想一探究竟呢？這將會誕生出許多業餘的語源學者，但很可惜的是，這種探究是勞苦多、效果少。

本書裡，我從自己所發現的字中，選用筆劃少而且比較容易懂的字，例如：

chhui^3 喙　peng^5 朌　chun^7 順　liah^8 搦
te^3 對　thin^5 陳　chhu^1 敍　giah^8 刊
che^1 者……

日後當會獲得大家的認同吧！

第十七課／殺價

Lin^{2} chia^{1} koe^{1}-nng^{7} chit^{8} liap^{8} go·^{7} kak^{4}, oe^{7} chhut^{4} tit^{0}. boe^{7}?

恁 者 雞 卵 一 粒 五 角, 會 出 得 膾

你們這些雞蛋一個五角，可以出價嗎？

M^{7}-thang^{1} o·^{0}, Sit^{8}-chai^{7} bo^{5} siaN^{2} than^{3}.

唔 通 哦, 實 在 無 啥 趁

不要啦，實在沒啥賺頭。

Si^{3} kak^{4} poaN^{3}, na^{7} ho^{2}, ka^{7} goa^{2} pau^{1} chap^{8} liap^{8}.

四 角 半, 那 好, 給 我 包 十 粒

4角半，如果可以，給我包個十粒。

Ho^{2} la^{0}, Ah^{8} ah^{4}-nng^{7} beh^{4} m^{7}?

好 了, 亦 鴨 卵 要 唔

好啦，那鴨蛋要不要？

Ah^{4}-nng^{7} u^{7} khah^{4} siok^{8} ho·N^{0}?

鴨 卵 有 較 俗 嚄

鴨蛋比較便宜吧？

Si^{3} kak^{4} tioh^{8} ho^{2}, M^{7}-thang^{1} koh^{4} chhut^{4}.

四 角 着 好, 唔 通 閣 出

4角就行，不要再出價了。

Ah^{4}–nng^{7} khah^{4} oe^{7} long^{2} khah^{4} siok^{8} ?

鴨卵盍會攏較俗

鴨蛋爲什麼總是比較便宜？

Ah^{4} pi^{2} koe^{1} khak^{4} ho^{2} ❶ chhi^{7}, iu^{7}–koh^{4} khah^{4} gau^{5} siN^{1} nng^{7}.

鴨比雞較好飼，又閣較賢生卵

鴨比雞容易飼養，又比較會生蛋。

U^{7}–iaN^{2}. M^{7}–ku^{2}, bah^{4} si^{7} koe^{1} khah^{4} ho^{2}–chiah^{8}.

有影。唔拘，肉是雞較好食

真的。不過，雞肉比較好吃。

〔說明〕

❶ ho^{2} chhi^{7}　（好飼）〈容易飼養〉

gau^{5} siN^{1}　（賢生）〈很會生〉

此時的 ho^{2}, gau^{5}，並非形容詞，應該看成是〈容易（做）……〉〈很會（做）……〉的情意詞。

ho^{2} pak^{8}　（好縛）〈容易綁〉

ho^{3} chhiuN^{3}　（好唱）〈容易唱〉

gau^{5} siu^{5}　（賢泅）〈很會游泳〉

gau^{5} sng^{2}　（賢損）〈很會鬧〉

第十八課／邀約去看戲

Goa² chhoa⁷ li² lai⁵ khi³ khoaᴺ³ hi³.

我　悉　汝來去　看　戲

我帶你去看戲。

Beh⁴ khi³ to²–ui⁷ khoaᴺ³ ?

要去何位　看

要去哪裡看？

Ni⁵–thau⁵ sin¹ khi² e⁵ Se³–kai³ hi³–iᴺ⁷.

年　頭　新　起兮世　界戲院

年初新蓋的世界戲院。

O·³, hia¹ chit⁴–ma² teh⁴ choe³ koa¹–a²–hi³.

哦,夫　即　滿　著　做　歌仔戲

喔，那裡現在在演歌仔戲。

Si⁷ la⁰, thiaᴺ¹–kiᴺ³–kong² chin¹ ho²–khoaᴺ³.

是了,聽　見　講　眞　好　看

是啊，聽說很好看。

Hi³–toaᴺ¹ kui³ ah⁴ siok⁸ ?

戲　單　貴　抑　俗

戲票貴或便宜？

Bian^{2} hoan^{5}–lo^{2}, ho͘^{7} goa^{2} chhut^{4}.

免 煩 惱,與 我 出

不用擔心，讓我出錢。

An^{2}–ni^{1} chin^{1} phaiN^{2}–se^{3}.

按呢 眞 歹 勢

這樣真不好意思。

Boe^{7} la^{0}, Goa^{2} na^{7} khi^{3} lin^{2} hia^{1}, long^{2} ma^{7} ho͘^{7} li^{2} chhiaN^{2}.

鱠 了,我 那 去 恁 夫, 攏 也 與 汝 請

不會啦。我若到你那裡，也都是讓你請。

Hi^{3} si^{7} kui^{2} chhut^{4}, choe^{3} kau^{3} kui^{2} tiam^{2}?

戲是 幾 出, 做 夠 幾 點

戲有幾齣，演到幾點？

Nng^{7} chhut^{4}, lak^{8} tiam^{2} khi^{2}, chap^{8} tiam^{2} soah^{4}.

兩 出, 六 點 起, 十 點 煞

2齣，6點開始，10點結束。

第十九課／在旅館

U^{7} pang^{5}–keng^{1} bo^{0}?

有房 間 無

有房間嗎？

U^{7}, u^{7}, beh^{4} iuN^{5}–sek^{4} e^{0}, ah^{4}–si^{7} jit^{8}–pun^{2}–sek^{4} e^{0}?

有,有,要 洋 式兮,抑是日 本 式 兮

有，有，要洋式的，或是日式的？

Goa^{2} ai^{3} iuN^{5}–sek^{4} e^{0}.

我愛洋 式 兮

我要洋式的。

Toe^{7}–chhit^{4}–chap^{8}–saN^{1} ho^{7}, li^{2} te^{3} goa^{2} lai^{5}.

第 七 十 三號,汝對我來

第73號房，你跟我來。

Chit^{4} keng^{1} ng^{3} koe^{1}–lo·^{7}, u^{7} khah^{4} chha^{2}.

即 間 向街路,有 較 吵

這間面向街道，比較吵。

Bo^{5}, lai^{5} oaN^{7} pat^{8} keng^{1} e^{0}.

無,來 換別 間 兮

不然，換別的房間。

Chit4 keng1 ho2, chit8 mi5 joa7 choe7 ?

即 間 好, 一 冥 若 多

這間好，一晚多少錢？

Koa3 cha2–khi2–tng3, chhit4 chap8 kho·1.

掛 早 起 頓, 七 十 箍。

連同早飯，70元。

Li2 kam2 u7 chah4 sin1–hun7–cheng3 ?

汝 敢 有 束 身 份 證

你有帶身份證嗎？

U7 no·0, khah4 oe7 bo5 ?

有哪, 盍 會 無

有啊，怎麼會沒有？

An2–ni1, ho·7 goa2 theh8 lai5 khi3 teng1–ki3.

按 呢, 與 我 提 來 去 登 記。

這樣，讓我拿去登記。

Sun7–soa3 ka7 goa2 kio3 chit8 e5 liah8–leng5–e0.

順 續 給 我 叫 一 兮 搦 夌 兮

順便幫我叫一個按摩的。

研究動機

戰後，我在台南市興辦戲劇活動。由年輕學子們擔任演出，既然登上舞台，不盡全力的話不行。因此參考了許多我在東京留學時，在築地小劇場或新宿劇院觀賞的新劇的內容和精神。

劇本、導演、演出、事務接洽，全由我一人負責，公演雖然博得好評，但後來卻也成爲我不得不離開台灣的原因。

劇本方面，我模仿了「koa¹–a²–chheh⁴」（歌仔册），全部使用漢字，但仍免不了夾雜自創的借字。在閱讀劇本的階段，年輕的演員們聽我念各種口白，並加以說明，但他們總是得註上日語假名的發音。

想要用日語假名正確地標示台語的發音是很困難的，聽到他們奇怪口音的台語，我總是不自覺地笑出來，或發了脾氣。那時爲了要徹底地矯正他們的發音，又要讓他們加上表情來說對白，眞是煞費苦心。

我下定決心，要努力找出可以正確標示台語的便利的標記法，也就是在這個時候。當我再度赴日，二度入東大就讀時，我的研究題目早已確定了，是「台語的標記法」以及「台語的研究」。因此，不得不把觸角從學習中文，延伸到語音學、一般語言學，但研究也愈不容易完成。

第二十課／台灣印象

Tai5–oan5 u7 ho2 chhit4–tho5 bo0 ?
台 灣有好 迌 迌無

台灣好玩嗎？

U7, u7. Keng2–ti3 ho2, lang5 koh4 chhin1–chhiat4, soah4 bo5
有,有。景 緻好,人 閣 親 切, 煞 無

好玩，好玩。景色好，人又親切，都不

ai3 tng2 khi0.
愛轉 去

想回家了。

Li2 gau5 o1–lo2.
汝賢阿老

你太誇獎了。

Goa2 kong2 sit8–chai7 e5 oe7.
我 講 實 在兮話

我是說真的。

Ho·7–chio3 si7 kau3 ti7–si5 ?
護 照是夠底時

護照是到什麼時候？

lau2 chhun1 chha1–put4–to1 nng7 le2–pai3.

猶伸差不多兩禮拜

還剩差不多2禮拜。

Tang1–po·7 li2 u7 seh8 khi0 bo5?

東部汝有旋去無

你有轉到東部去嗎？

U7, su1 Se1–po·7 su1 chin1 choe7.

有,輸西部輸眞多

有，差西部差很多。

Si7 la0, kau1–thong1 bo5 li7–pian7, tho·2–toe7 koh4 oeh8.

是了,交通無利便,土地閣狹

是啊，交通不方便，土地又狹小。

Goa2 siong1–sin3 Tai5–oan5 oe7 ju2 hoat4–tian2.

我相信台灣會愈發展

我相信台灣會愈來愈發達。

台語常用語彙集

1. 天　象

thiN^{1}	天	天，天空
thiN^{1}–khi^{3}	天氣	天氣
jit^{8}–thau^{5}	日頭	太陽
jit^{8}	日	陽光
geh^{8}–niu^{5}	月娘	月亮
chhiN^{1}	星	星星
hong^{1}	風	風
hong^{1}–thai^{1}	風篩	颱風
ho·^{7}	雨	雨
sai^{1}–pak^{4}–ho·^{7}	西北雨	雷陣雨
cha^{1}–bo·^{2}–ho·^{7}	查姥雨	太陽雨
lui^{5}–kong^{1}	雷公	雷
sih^{4}–na^{3}	熄電	閃電
kheng^{7}	虹	彩虹
hun^{5}	雲	雲
seh^{4}	雪	雪

sng^{1}	霜	霜
bu^{7}	霧	霧
lo·^{7}–chui^{2}	露水	露水
peng^{1}	氷	冰

2. 地理

toe^{7}	地	地
toe^{7}–tang^{7}	地動	地震
tho·^{2}–toe^{7}	土地	土地
tho·^{5}	塗	土
soa^{1}	沙	沙
hong^{1}–pe^{1}–soa^{1}	風飛砂	風沙，飛沙
chioh^{8}	石	石
chioh^{8}–thau^{5}	石頭	石頭
soaN^{1}	山	山
soaN^{1}–teng^{2}	山頂	山頂
soaN^{1}–kha^{1}	山跤	山腳
chui^{2}	水	水
toa^{7}–chui^{2}	大水	洪水
hai^{2}	海	海
hai^{2}–kiN^{5}	海墘	海岸，海濱
khoe^{1}	溪	溪
khoe^{1}–kiN^{5}	溪墘	河畔，河邊

ti^{5}	池	池
pi^{1}	埤	水池
pi^{1}–chun^{3}	埤圳	水渠
o·^{5}	湖	湖
keng^{2}–ti^{3}	景緻	景色、風景
kong^{1}–keng^{2}	光景	景色，風景；景氣

3. 方位

so·^{2}–chai^{7}	所在	地方，場所
ui^{7}	位	位置，場所
kak^{4}–si^{3}	角勢	方位，方向
tang^{1}	東	東
lam^{5}	南	南
sai^{1}	西	西
se^{1}–po·^{7}	西部	西部
pak^{4}	北	北
thau^{5}–cheng^{5}	頭前	前面
au^{7}–piah^{4}	後壁	後面
teng^{2}–bin^{7}	頂面	上面
e^{7}–kha^{1}	下跤	下面
tui^{3}–bin^{7}	對面	對面
hiuɴ^{3}–peng^{5}	向爿	對面、那邊，對方
chiuɴ^{3}–peng^{5}	將爿	這邊

keh^{4}–piah^{4}	隔壁	隔壁
piɴ^{1}–a^{2}	邊仔	旁邊
tiong^{1}–ng^{1}	中央	中央
goa^{7}–khau^{2}	外口	外面
lai^{7}–bin^{7}	內面	裡面
toe^{2}	底	底
e^{7}–toe^{3}	下底	底下，下面
chiaɴ^{3}–chhiu^{2}–peng^{5}	正手盼	右邊
to^{3}–chhiu^{2}–peng^{5}	倒手盼	左邊

4. 時間

si^{5}–kan^{1}	時間	時間
si^{5}–chun^{7}	時順	時候
jit^{8}–si^{0}	日時	白天
mi^{5}–si^{0}	冥時	夜晚
ko·^{2}–cha^{2}	古早	很久以前
ke^{3}–khi^{3}	過去	從前
hiah^{4}–ku^{2}	彼久	前些日子
chit^{4}–ma^{2}	即滿	現在
chiah^{4}–ku^{2}	即久	這些日子
hian^{7}–chai^{7}	現在	現在
au^{7}–lai^{5}	後來	後來
au^{7}–jit^{8}	後日	日後

chiong^{1}–lai^{5}	將來	將來
cha^{2}–khi^{2}	早起	早上；今天早上
cha^{2}–khi^{2}–si^{5}	早起時	早晨的時候
tiong^{1}–tau^{3}	中晝	正午
e^{7}–tau^{3}	下晝	中午；今天中午
e^{7}–po·^{1}	下晡	下午；今天下午
am^{3}–thau^{5}–a^{2}	暗頭仔	傍晚
e^{7}–hng^{1}	下昏	晚上；今天晚上
e^{7}–hng^{1}–si^{5}	下昏時	夜晚的時候
poaN^{3}–mi^{5}	半冥	半夜

5. 年月日

choh^{8}–jit^{0}	昨日	前天
cha^{7}–hng^{1}	昨昏	昨天
kin^{1}–a^{2}–jit^{8}	今仔日	今天
bin^{5}–a^{2}–chai^{3}	明仔再	明天
au^{7}–jit^{0}	後日	後天
Le^{2}–pai^{3}	禮拜	星期天；一週
Pai^{3}–it^{4}	拜一	星期一
Pai^{3}–ji^{7}	拜二	星期二
Pai^{3}–saN^{1}	拜三	星期三

Pai^{3}–si^{3}	拜四	星期四
Pai^{3}–go·^{7}	拜五	星期五
Pai^{3}–lak^{8}	拜六	星期六
pai^{3}–kui^{2}	拜幾	星期幾
ChiaN^{1}–geh^{8}	正月	新年
ChiaN^{1}–geh^{0}	正月	正月
It^{4}–geh^{0}	一月	一月
Ji^{7}–geh^{0}	二月	二月
SaN^{1}–geh^{0}	三月	三月
Si^{3}–geh^{0}	四月	四月
Go·^{7}–geh^{0}	五月	五月
Lak^{8}–geh^{0}	六月	六月
Chhit^{4}–geh^{0}	七月	七月
Poeh^{4}–geh^{0}	八月	八月
Kau^{2}–geh^{0}	九月	九月
Chap^{8}–geh^{0}	十月	十月
Chap^{8}–it^{4}–geh^{0}	十一月	十一月
Chap^{8}–ji^{7}–geh^{0}	十二月	十二月
lun^{7}–geh^{8}	閏月	閏月
chun^{5}–ni^{0}	前年	前年
ku^{7}–ni^{5}	舊年	去年
kin^{1}–ni^{5}	今年	今年

me^{5}–ni^{5} 明年 明年
au^{7}–ni^{5} 後年 後年
lun^{7}–ni^{5} 閏年 閏年

chhun^{1}–thiN^{1} 春天 春
joah^{8}–lang^{0} 熱人 夏
chhiu^{1}–thiN^{1} 秋天 秋
koaN^{5}–lang^{0} 寒人 冬

Chheng^{1}–beng^{5} 清明 清明節
Go·^{7}–geh^{8}–cheh^{4} 五月節 端午節
Tiong^{1}–chhiu^{1}–cheh^{4} 仲秋節 中秋節
Ji^{7}–kau^{2} -mi^{5} 二九冥 除夕、大年夜

6. 人際關係

lang^{5} 人 人
cha^{1}–po· 查夫 男
cha^{1}–bo·^{2} 查姥 女
toa^{7}–lang^{5} 大人 大人
lau^{7}–lang^{5} 老人 老人
gin^{2}–a^{2} 囝仔 小孩
eN^{1}–a^{2} 嬰仔 嬰兒
ang^{1} 翁 丈夫

bo·^{2}	姥	妻子
khan^{1}–chhiu^{2}	牽手	老婆、太太
soe^{3}–i^{5}	細姨	妾
au^{7}–siu^{7}	後受	繼室
chiu^{2}–koaN^{2}–lang^{5}	守寡人	未亡人、寡婦
lau^{7}–pe^{7}	老爸	父親
lau^{7}–bu^{2}	老母	母親
si^{7}–toa^{7}–lang^{5}	是大人	父母親
kiaN^{2}	囝	孩子
cheng^{5}–lang^{5}–kiaN^{2}	前人囝	前妻的孩子
hau^{7}–siN^{1}	後生	兒子
cha^{1}–bo·^{2}–kian^{2}	查姥囝	女兒
sio^{2}–chia^{2}	小姐	令嬡；小姐
kong^{1}	公	祖父
ma^{2}	媽	祖母
peh^{4}	伯	伯父
m^{2}	姆	伯母
chek^{4}	叔	叔父
chim^{2}	嬸	叔母
ku^{7}	舅	母親的兄弟
kim^{7}	妗	母親的兄弟之妻
tiuN^{7}	丈	父母親的姊妹之夫
i^{5}	姨	母親的姊妹

hiaN^{1}–ko^{1}	兄哥	哥哥
sio^{2}–ti^{7}	小弟	弟弟
toa^{7}–chi^{2}	大姉	姊姊；大姊
sio^{2}–be^{7}	小妹	妹妹；么妹
hiaN^{1}–ti^{7}	兄弟	兄弟
chi^{2}–be^{7}	姉妹	姊妹
hiaN^{1}–so^{2}	兄嫂	嫂嫂
che^{2}–hu^{1}	姉夫	姊夫
sun^{1}	孫	孫子
sun^{1}–a^{2}	孫仔	外甥、姪子
kiaN^{2}–sai^{3}	囝婿	女婿
sin^{1}–pu^{7}	新婦	媳婦
sin^{1}–niu^{5}	新娘	新娘
tiuN^{7}–lang^{5}	丈人	岳父
tiuN^{7}–m^{2}	丈姆	岳母
chhin^{1}–ke^{1}	親家	親家公，姻親之父
chhiN^{1}–m^{2}	親姆	親家母，姻親之母
tang^{5}–sai^{7}–a^{2}	同姒仔	妯娌
tang^{5}–mng^{5}	同門	連襟
si^{7}–toa^{7}	是大	長輩
si^{7}–soe^{3}	是細	晚輩
chhin^{1}–chiaN^{5}	親成	親戚
peng^{5}–iu^{2}	朋友	朋友

補遺

ko^{1}	姑	父親的姊妹

7. 職業

peh^{4}–siN^{3}	百姓	百姓
koaN^{1}	官	官員
sian^{1}–siN^{1}	先生	老師；～先生
hak^{8}–seng^{1}	學生	學生
thau^{5}–ke^{1}	頭家	老闆
thau^{5}–ke^{1}–niu^{5}	頭家娘	老闆娘
he^{2}–ki^{3}	夥計	夥計
chhu^{3}–chu^{2}	厝主	屋主、房東
chhu^{3}–kha^{1}	厝跤	房客
chhu^{3}–piN^{1}	厝邊	鄰居
toe^{7}–chu^{2}	地主	地主
chhan^{5}–tian^{7}	田佃	佃農
sai^{1}–hu^{7}	師父	師傅、師父，師匠
sai^{1}–a^{2}	師仔	徒弟

choe^{3}–sit^{4}–lang^{5}	做穡人	農夫
long^{5}–bin^{5}	農民	農民
kang^{1}–lang^{5}	工人	工人
tho^{2}–hai^{2}–lang^{5}	討海人	漁夫

choe3–bak8–e0	做木兮	木工
choe3–tho·5–e0	做塗兮	泥水匠
tho·5–chui2–sai1	塗水師	泥水匠
seng1–li2–lang5	生理人	生意人
i1–seng	醫生	醫生
khi2–kho1–i1	齒科醫	牙科醫生
piN7–lang5	病人	病人
hoan7–chia2	患者	患者
ho·7–su7	護士	護士
lut8–su1	律師	律師
kang1–theng5–su1	工程師	工程師
su1–ki1	司機	司機
he5–siuN7	和尚	和尚
sai1–kong1	司公	道士
siong3–mia7–e0	相命兮	算命的
ge7–toaN3	藝妲	藝妓
than3–chiah8–cha1–bo·2	趁食查姥	賣春婦女
kong1–kau3–jin5–oan5	公教人員	公教人員
keng3–chhat4	警察	警察
heng5–su7	刑事	刑事
tek8–bu7	特務	特務
chhui1–su7	推事	推事
kiam2–chhat4 koaN1	檢察官	檢察官
hoan7–lang5	犯人	犯人

peng^{1}	兵	兵
kun^{1}–tui^{7}	軍隊	軍隊
Kheh^{4}–lang^{5}	客人	客家人
chhiN^{1}–hoan^{1}	生番	番人
A^{1}–soaN^{1}	阿山	中國人蔑稱
chhat^{8}	賊	賊，小偷
lo·^{5}–moa^{5}	盧鰻	流氓
iu^{2}–e^{0}	友兮	太保
thau^{5}–ong^{5}	頭王	首領，頭目
chai^{7}–sek^{4}–lu^{2}	在室女	處女
si^{2}–lang^{5}	死人	死人

8. 人體

seng^{1}–khu^{1}	身軀	身體
sin^{1}–thoe^{2}	身體	身體
thau^{5}–khak^{4}	頭殼	頭；腦袋
thau^{5}–nau^{2}	頭腦	頭腦
thau^{5}–mng^{5}	頭毛	頭髮
chng^{7}	旋	毛髮中的頭旋
nau^{2}–chhe^{2}	腦髓	腦髓
thau^{5}–khak^{4}–chhe^{2}	頭殼髓	腦漿

hiah^{8}–a^{2}	額仔	額頭
pin^{3}–piN^{1}	鬢邊	太陽穴
bin^{7}	面	臉
bak^{8}–chiu^{1}	目珠	眼睛
bak^{8}–chiu^{1}–jin^{5}	目珠仁	眼珠
o·^{1}–jin^{5}	烏仁	黑眼珠，瞳孔
peh^{8}–jin^{5}	白仁	白眼珠
bak^{8}–bai^{5}	目眉	眉毛
bak^{8}–chiu^{1}–mng^{5}	目珠毛	眼睫毛
bak^{8}–sai^{2}	目屎	眼淚；眼屎
bak^{8}–iu^{5}	目油	滲出的淚
phiN^{7}	鼻	鼻子
phiN^{7}–khang^{1}	鼻空	鼻孔
phiN^{7}–sai^{2}	鼻屎	鼻屎
jin^{5}–tiong^{1}	人中	人中
hi^{7}	耳	耳朵
hi^{7}–khang^{1}	耳空	耳孔
chhui^{3}	喙	嘴巴
chhui^{3}–phe^{2}	喙胚	臉頰
chhui^{3}–chhiu^{1}	喙鬚	鬍子
chhui^{3}–khi^{2}	喙齒	牙齒
chiu^{3}–khi^{2}	蛀齒	蛀牙
khi^{2}–jin^{5}	齒仁	牙齦
chhui^{3}–tun^{5}	喙唇	嘴唇

chih^{8}　舌　舌頭
e^{7}–hoai^{5}　下頦　下巴
am^{7}–kun^{2}　頷滾　脖子
keng^{1}–thau^{5}　肩頭　肩膀
heng^{1}–kham^{2}　胸坎　胸口
sim^{1}–koaN^{1}　心肝　心臟
ni^{1}（也叫 leng）　乳　乳房；乳汁。
ni^{1}–thau^{5}　乳頭　乳頭
pak^{4}–to·^{2}　腹肚　腹部、肚子
to·^{7}–chai^{5}　肚臍　肚臍
chhiu^{2}　手　手
kha^{1}　跤　腳
toa^{7}–thui^{2}　大腿　大腿
kha^{1}–thau^{5}–u^{1}　跤頭窩　膝蓋
chiaN^{3}–chhiu^{2}　正手　右手
to^{3}–chhiu^{2}　倒手　左手
chiaN^{3}–kha^{1}　正跤　右腳
to^{3}–kha^{1}　倒跤　左腳
cheng^{2}–thau^{5}–a^{2}　指頭仔　指頭
toa^{7}–thau^{5}–bu^{2}　大頭母　大姆指
tiong^{1}–chaiN^{2}　中指　中指
be^{2}–chaiN^{2}　尾指　小指
cheng^{2}–kah^{4}　指甲　指甲
lan^{7}–chiau^{2}　羼鳥　陰莖

lan^{7}–pha^{1}	羼脬	睪丸
lan^{7}–hut^{8}	羼核	睪丸
chi^{1}–bai^{1}	膣屄	女性陰部
siau^{5}	精	精液
kha^{1}–chiah^{4}	跤脊	背、背脊
kha^{1}–chhng^{1}	跤倉	臀部
kut^{4}	骨	骨
kun^{1}	筋	筋
phe^{5}	皮	皮
lat^{8}	力	力
huih^{4}	血	血
siaN^{1}	聲	聲音
iaN^{2}	影	影子
sai^{2}	屎	屎
jio^{7}	尿	尿
phui^{3}	屁	屁
noa^{7}	瀾	唾液、口水
tham^{5}	痰	痰
liap^{8}–a^{2}	粒仔	腫瘡
pui^{3}–a^{2}	瘖仔	痱子
thiau^{7}–a^{2}	痟仔	面皰、青春痘
ki^{3}	記	痣
liu^{5}	瘤	瘤
chhau^{3}–hi^{7}–lang^{5}	臭耳聾	聾子

chhiN^{1}–mi^{5}	青盲	瞎子
e^{2}–kau^{2}	啞口	啞巴
補遺		
mng^{5}	毛	毛
be^{2}	尾	尾巴

9. 動物

cheng^{1}–siN^{1}	牲生	畜生、禽獸
tong^{7}–but^{8}	動物	動物
kang^{1}–e^{0}	公兮	公的
bu^{2}–e^{0}	母兮	母的
kau^{2}	狗	狗
niau^{1}	猫	貓
chiau^{2}	鳥	鳥
o·^{1}–a^{1}	烏鴉	烏鴉
ti^{1}	猪	豬
gu^{5}	牛	牛
sui^{2}–gu^{5}	水牛	水牛
ng^{5}–gu^{5}	黃牛	黃牛
be^{2}	馬	馬
iuN^{5}	羊	山羊，羊
lok^{8}	鹿	鹿
koe^{1}	鷄	鷄

he^{2}–koe^{1}	火鷄	火鷄
ah^{4}	鴨	鴨
go^{5}（也叫 gia^{5}）	鵝	鵝
peh^{8}–to·^{3}–a^{2}	白兎仔	白兔子
hi^{5}	魚	魚
chim^{5}	蟳	螃蟹
he^{5}	蝦	蝦
o^{5}	蠔	牡蠣
ham^{1}	蚶	文蛤
bak^{8}–chat^{8}	墨賊	烏賊
liu^{5}–hi^{5}	魷魚	魷魚
ang^{2}–poaN^{1}	紅皈	鯛的總稱
sui^{2}–koe^{1}	水鷄	食用蛙
pih^{4}	鼈	鼈

ho·^{2}	虎	老虎
pa^{3}	豹	豹
sai^{1}	獅	獅子
chhiuN^{7}	象	象
leng^{5}	龍	龍
him^{5}	熊	熊
sai^{1}–gu^{5}	犀牛	犀牛

choa^{5}　蛇　蛇
gia^{5}–kang^{1}　夯蚣　蜈蚣
to·^{7}–kun^{2}　肚滾　蚯蚓
sai^{2}–hak^{8}–a^{2}–thang^{5}　屎礐仔蟲　廁所之蛆
ho·^{5}–sin^{5}　胡蠅　蒼蠅
bang^{2}　蠓　蚊子
sat^{4}–bu^{2}　虱母　蝨子
bak^{8}–sat^{4}　木虱　跳蚤
ka^{1}–choah^{8}　膠蠘　蟑螂
niau^{2}–chhu^{2}　老鼠　老鼠
peh^{8}–hia^{7}　白蟻　白蟻
kau^{2}–hia^{7}　狗蟻　螞蟻
sih^{4}–sut^{4}　蟋蟀　蟋蟀
ti^{1}–tu^{1}　蜘蛛　蜘蛛
ti^{1}–tu^{1}–si^{1}　蜘蛛絲　蜘蛛網
phang^{1}　蜂　蜜蜂
sian^{5}–a^{2}　蟬仔　蟬
chhan^{5}–eɴ^{1}　田嬰　蜻蜓
he^{2}–kim^{1}–ko·^{1}　火金姑　螢火蟲
ku^{1}　龜　龜

sit^{8}　翼　羽毛，翅膀
lan^{5}　鱗　鱗
jin^{5}　仁　核仁；蛋黃

補遺

kau^{5}	猴	猴子

10. 植物

sit^{8}–but^{8}	植物	植物
chhan^{5}	田	水田
hng^{5}	園	旱田
tiu^{7}–a^{2}	稻仔	稻子
chhek^{4}–a^{2}	粟仔	稻穀，稻殼
bi^{2}	米	米
chho^{3}–bi^{2}	糙米	糙米
chut^{8}–bi^{2}	朮米	糯米
bi^{2}–khng^{1}	米糠	米糠
beh^{8}–a^{2}	麥子	麥
hoan^{1}–beh^{8}	番麥	玉蜀黍
soe^{1}–a^{2}	黍仔	黍子，玉蜀黍
chhai^{3}	菜	蔬菜；菜，飯菜
peh^{8}–chhai^{3}	白菜	白菜
tang^{1}–e^{1}–chhai^{3}	苳蒿菜	茼蒿菜
ko^{1}–le^{5}–chhai^{3}	高麗菜	高麗菜
pe^{1}–leng^{5}–chhai^{3}	菠菱菜	菠菜
ku^{2}–chhai^{3}	韮菜	韮菜

tau^{7}–chhai^{3} 豆菜 豆芽菜

eng^{3}–chhai^{3} 蕹菜 空心菜

chhai^{3}–thau^{5} 菜頭 蘿蔔

chhai^{3}–koe^{1} 菜瓜 絲瓜

tang^{1}–koe^{1} 冬瓜 冬瓜

kim^{1}–koe^{1} 金瓜 南瓜

koe^{1}–a^{2} 瓜仔 小黃瓜

kio^{5} 茄 茄子

chhang^{1} 葱 葱

iuN^{5}–chhang^{1} 洋葱 洋葱

chhang^{1}–thau^{5} 葱頭 葱白；洋葱

soan^{3}–thau^{5} 蒜頭 蒜頭

kiuN^{1} 薑 薑

tho·^{5}–tau^{7} 塗豆 花生

han^{1}–chu^{5} 番藷 地瓜

o·^{7}–a^{2} 芋仔 芋頭

ke^{2}–chi^{2} 果子 水果

kam^{1}–a^{2} 柑仔 橘子

iu^{7}–a^{2} 柚子 柚子

bun^{5}–tan^{3} 文旦 文旦

khi^{7}–a^{2} 柿仔 柿子

kam^{1}–a^{2}–bit^{8} 柑仔蜜 蕃茄

(也叫 chhau^{3}–khi^{7}–a^{2})

geng^{5}–geng^{2}	龍眼	龍眼
soaiN^{7}–a^{2}	樣仔	芒果
keng^{1}–chio^{1}	芎蕉	香蕉
bok^{8}–koe^{1}	木瓜	木瓜
lian^{2}–bu^{7}	輦霧	蓮霧
si^{1}–koe^{1}	西瓜	西瓜
cho^{2}–a^{2}	棗仔	棗子
li^{2}–a^{2}	李仔	李子
tho^{5}–a^{2}	桃仔	桃子
eng^{1}–tho^{5}	櫻桃	櫻桃
phu^{5}–tho^{5}	葡萄	葡萄
kam^{1}–chia^{3}	甘蔗	甘蔗
nai^{7}–chi^{1}	荔枝	荔枝
lat^{8}–chi^{2}	栗子	栗子
kiam^{5}–sng^{1}–tiN^{1}	鹹酸甜	蜜餞
hoe^{1}	花	花
chhau^{2}	草	草
iN^{2}	蘖	芽
m^{5}	莓	蕾、苞
chi^{2}	籽	種子、果核
cheng^{2}	種	種子
hut^{8}	核	種子，胚，核
lan^{5}	蘭	蘭

kiok^{4}–hoe^{1} 菊花 菊花

bak^{8}–ni^{7}–hoe^{1} 茉莉花 茉莉花

ng^{5}–kiN^{1}–hoe^{1} 黃槴花 梔子花

mui^{5}–kui^{3} 玫瑰 玫瑰

pin^{5}–nng^{5} 檳榔 檳榔

chhiu^{7} 樹 樹木

hioh^{8} 葉 葉子

chhiu^{7}–na^{5} 樹林 樹林

sam^{1} 杉 木材、木料

pang^{1} 枋 板子

chha^{5} 柴 柴

tek^{4} 竹 竹子

chheng^{5} 榕 榕樹

siong^{5}–ngo·^{5} 松梧 紅檜，檜木類的總稱

11. 礦物

kim^{1} 金 金

kim^{1}–khong^{3} 金礦 金礦

peh^{8}–kim^{1} 白金 白金

gun^{5} 銀 銀

tang^{5} 銅 銅

thih^{4} 鐵 鐵

siah^{4}	錫	錫
a^{1}–ian^{5}	亞鉛	鋅
kng^{3}	鋼	鋼
tho·^{5}–thoaN^{3}	塗炭	煤炭
thoaN^{3}–khong^{3}	炭礦	煤礦
chioh^{8}–iu^{5}	石油	石油
khi^{3}–iu^{5}	汽油	汽油
taN^{2}–ma^{2}–ka^{1}	打馬膠	柏油、瀝青
soan^{7}–chioh^{8}	鏇石	鑽石
gek^{8}	玉	翡翠
chin^{1}–chu^{1}	眞珠	珍珠
po^{2}–poe^{3}	寶貝	寶物

12. 食物

png^{7}	飯	飯
be^{5}	糜	粥
am^{2}	涪	濃米湯
te^{5}	茶	茶
ang^{5}–te^{5}	紅茶	紅茶
te^{5}–hioh^{8}	茶葉	茶葉
(也叫 te^{5}–sim^{1})		
ko^{1}–pi^{1}	珈琲	咖啡
chiu^{2}	酒	酒

beh^{8}–a^{2}–chiu^{2} 麥仔酒 啤酒
chheng^{1}–chiu^{2} 清酒 清酒
jit^{8}–pun^{2}–chiu^{2} 日本酒 日本酒
iuN^{5}–chiu^{2} 洋酒 洋酒
thng^{1} 湯 湯
chiap^{4} 汁 汁，果汁，肉汁

piaN^{2} 餅 餅乾
tiam^{2}–sim^{1} 點心 兩餐之間吃的東西、點心
mi^{7} 麵 麵
mi^{7}–soaN^{3} 麵線 麵線
bi^{2}–hun^{2} 米粉 米粉
pao^{1}–a^{2} 包仔 包子
aN^{7} 餡 餡
pian^{2}–sit^{8} 扁食 餛飩
ko^{1}–a^{2} 糕仔 糕類
koe^{1}–nng^{7}–ko^{1} 鷄卵糕 蛋糕
iu^{5}–chiah^{8}–ke^{2} 油食粿 油條
koan^{3}–thau^{5} 罐頭 罐頭

bah^{4} 肉 肉；豬肉
iu^{5} 油 油；脂肪
chhai^{3}–soe^{1} 菜蔬 蔬菜
nng^{7} 卵 蛋

phi^{5}–tan^{3} 皮蛋 皮蛋
kiam^{5}–ah^{4}–nng^{7} 鹹鴨卵 鹹鴨蛋

thng^{5} 糖 糖
peh^{8}–thng^{5} 白糖 白糖
o·^{1}–thng^{5} 烏糖 黑糖
thng^{5}–sng^{1} 糖霜 冰糖
iam^{5} 鹽 鹽巴
ho·^{5}–chio^{1} 胡椒 胡椒
kai^{3}–loah^{8} 芥辣 洋芥末
hoan^{1}–a^{2}–kiuN^{1} 番仔薑 辣椒
bi^{7}–so·^{3} 味素 味素
chho·^{3} 醋 醋
o·^{1}–chho·^{3} 烏醋 烏醋
tau^{7}–iu^{5} 豆油 醬油
bit^{8} 蜜 蜂蜜

kun^{2}–chui^{2} 滾水 開水
sio^{1}–chui^{2} 燒水 熱水
phoh^{4} 粕 糟粕、渣滓
補遺
mi^{7}–pau^{1} 麵包 麵包

13. 服飾

saN^{1}	衫	上衣；衣服
lai^{7}–saN^{1}	內衫	內衣
tng^{5}–saN^{1}	長衫	中國禮服
khun^{3}–saN^{1}	困衫	睡衣
ho·^{7}–i^{1}	雨衣	雨衣
iuN^{5}–hok^{8}	洋服	西服
kah^{4}–a^{2}	袙仔	背心
kho·^{3}	褲	褲子
lai^{7}–kho·^{3}	內褲	內褲
kun^{5}	裙	裙子
bo^{7}–a^{2}	帽仔	帽子
loeh^{8}–a^{2}	笠仔	斗笠
bin^{7}–kun^{1}	面巾	毛巾
chhiu^{2}–kun^{1}	手巾	手帕
nia^{2}–toa^{3}	領帶	領帶
nia^{2}	領	領子
chhiu^{2}–ng^{2}	手䘼	袖口
toa^{3}	帶	衣帶，細繩
liu^{2}–a^{2}	鈕仔	鈕扣
lak^{4}–te^{7}–a^{2}	納袋仔	口袋
chhiu^{2}–lok^{4}	手納	手套
beh^{8}	襪	襪子

beh^{8}–sok^{4}	襪束	吊襪帶
po·^{3}	布	布，布料
oe^{5}	鞋	鞋子
phe^{5}–oe^{5}	皮鞋	皮鞋
chhau^{2}–oe^{5}	草鞋	草鞋
ho·^{7}–oe^{5}	雨鞋	雨鞋
oe^{5}–puih^{8}–a^{2}	鞋拔仔	鞋拔子
bak^{8}–kiah^{8}	木屐	木屐
chhian^{2}–thoa^{1}	淺拖	拖鞋
bak^{8}–kiaN^{3}	目鏡	眼鏡
bak^{8}–kiaN^{3}–kheng^{1}	目鏡筐	眼鏡框
bak^{8}–kiaN^{3}–jin^{5}	目鏡仁	鏡片
khi^{2}–bin^{2}	齒刡	牙刷
khi^{2}–ko^{1}	齒膏	牙膏
khi^{2}–thok^{4}	齒托	牙籤
lah^{8}–iu^{5}	臘油	潤髮油，髮蠟
te^{5}–a^{2}–iu^{5}	茶仔油	山茶油
chha^{5}–soe^{1}	柴梳	木梳子、篦子
loah^{8}–a^{2}	捋仔	梳子
hun^{2}	粉	化粧用的粉
ian^{1}–chi^{1}	臙脂	口紅
chui^{2}–ang^{5}–a^{2}–hun^{2}	水紅仔粉	胭脂

chhiu^{2}–chi^{2}　手指　戒指

chhiu^{2}–khoan^{5}　手環　手鐲

hi^{7}–kau^{1}　耳鉤　耳環

lian^{7}–a^{2}　鏈仔　鎖鍊

phoah^{8}–lian^{7}　拔鏈　項鍊

chhiu^{2}–pio^{2}　手錶　手錶

si^{5}–pio^{2}　時錶　手錶，懷錶

si^{5}–cheng^{1}　時鐘　掛鐘，座鐘

pio^{2}–a^{2}–toa^{3}　錶仔帶　錶帶

ho͘^{7}–soaN^{3}　雨傘　雨傘

khe^{5}–siN^{3}　葵扇　扇子，團扇

koaiN^{2}–a^{2}　枴仔　拐杖，手杖

chhiu^{2}–koaN^{7}–te^{7}–a^{2}　手揹袋仔　手提包

gun^{5}–te^{7}–a^{2}　銀袋仔　錢包

14. 房屋

tau^{1}　兜　家，房子

chhu^{3}　厝　房子

lau^{5}–a^{2}　樓仔　樓房

iuN^{5}–lau^{5}　洋樓　洋樓

chhau^{2}–chhu^{3}　草厝　草屋

hia^{7}–chhu^{3}　瓦厝　瓦屋

lau^{5}–teng^{2}	樓頂	二樓，樓上
lau^{5}–kha^{1}	樓跤	一樓，樓下
lau^{5}–thui^{1}	樓推	樓梯，梯子
chhu^{3}–teng^{2}	厝頂	屋頂
chhu^{3}–hia^{7}	厝瓦	屋瓦
chhu^{3}–koa^{3}	厝蓋	屋蓋
mng^{5}	門	門，户
au^{7}–piah^{4}–mng^{5}	後壁門	後門
ho·^{7}–teng^{7}	戶奠	門檻
piah^{4}	壁	牆壁
chhiuN^{5}–a^{2}	牆仔	短牆、柵欄
li^{5}–pa^{1}	籬笆	竹籬笆
thiau^{7}	柱	柱子
iN^{5}–a^{2}	楹仔	横樑
thang^{1}–a^{2}	窗仔	窗户
chng^{1}–a^{2}	磚仔	磚塊
pang^{5}	房	房間
pang^{5}–keng^{1}	房間	房間
thian^{1}–pong^{5}	天房	頂棚，天花板
thiaN^{1}	廳	廳，客廳、大廳
chau^{3}–kha^{1}	灶跤	厨房
ian^{1}–tang^{5}	煙筒	煙囱
ek^{8}–keng^{1}	浴間	浴室
sai^{2}–hak^{8}	屎礐	廁所

pian^{7}–so·^{2}	便所	廁所
tiaN^{5}	庭	庭院
chiN^{2}	井	井
teng^{5}–a^{2}–kha^{1}	亭仔跤	騎樓

15. 日常用品

ke^{1}–he^{2}	家伙	財產
mih^{8}–kiaN^{7}	物件	物品、東西
ke^{1}–si^{1}	家私	器具、工具
pang^{5}–lai^{7}–ke^{1}–si^{1}	房內家私	室內日常用品
heng^{5}–li^{2}	行李	行李

chau^{3}	灶	爐灶
hang^{1}–lo·^{5}	烘爐	家用的小爐子
he^{2}–thang^{1}	火窓	火盆
tiaN^{2}	鼎	鍋子
khaN^{1}	坩	鍋盆
e^{1}–a^{2}	鍋仔	砂鍋
hui^{5}	磁	陶磁器
oaN^{2}	碗	飯碗
oaN^{2}–kong^{1}	碗公	大碗
phiat^{4}–a^{2}	砛仔	碟子
tih^{4}–a^{2}	碟仔	小碟子

te^{5}–au^{1}	茶甌	茶碗
te^{5}–koan^{3}	茶罐	茶壺
kun^{2}–chui^{2}–pan^{5}	滾水瓶	熱水瓶、保溫瓶
chiu^{2}–poe^{1}	酒瓶	酒杯
chiu^{2}–cheng^{1}	酒鍾	酒杯
poaN^{5}	盤	盤子
na^{5}	籃	籃子
lang^{2}	籠	籠子
ji^{7}–choa^{2}–lang^{2}	字紙籠	垃圾筒
thang^{2}	桶	木桶
poah^{8}–thang^{2}	拔桶	裝水容器
bin^{7}–thang^{2}	面桶	洗臉盆
chui^{2}–kng^{1}	水缸	水缸
ang^{3}	甕	甕
koa^{3}	蓋	蓋子
thng^{1}–si^{5}	湯匙	湯匙
png^{7}–si^{5}	飯匙	飯瓢
ti^{7}	箸	筷子
to^{1}	刀	刀子
chhai^{3}–to^{1}	菜刀	菜刀
tiam^{1}	砧	切菜板
tu^{5}	廚	櫥櫃；櫥
oaN^{2}–ti^{7}–tu^{5}	碗箸厨	碗櫃

bin^{5}–chhng^{5}　眠床　睡床
chhng^{5}–kun^{1}　床巾　墊被
chhioh^{8}　蓆　蓆子
phe^{7}　被　棉被
than^{2}–a^{2}　毯仔　毯子
chim^{2}–thau^{5}　枕頭　枕頭
peng^{1}–chim^{2}　冰枕　冰枕
bang^{2}–ta^{3}　蠓罩　蚊帳
bang^{2}–hun^{1}　蠓燻　蚊香
toh^{4}　桌　桌子
i^{2}　椅　椅子
thoah^{4}–a^{2}　拖仔　小抽屜
toe^{7}–chian^{1}　地氈　地毯
toh^{4}–po·^{3}　桌布　抹布
kiaN^{3}　鏡　鏡子
kiaN^{3}–tai^{5}　鏡台　梳妝台
saN^{1}–a^{2}–tu^{5}　衫仔廚　衣櫥
ke^{3}–a^{2}　架仔　架子
siuN^{1}　箱　衣箱
phe^{5}–siuN^{1}　皮箱　皮箱
khoeh^{4}–a^{2}　篋仔　箱、盒
ap^{8}–a^{2}　盒仔　盒子
jio^{7}–ho·^{5}　尿壺　夜壺
jio^{7}–tau^{2}–a^{2}　尿斗仔　便器

sau^{3}–chiu^{2}	掃箒	掃帚
pun^{3}–tau^{2}	糞斗	畚箕
so^{2}	鎖	鎖
so^{2}–si^{5}	鎖匙	鑰匙
sin^{5}–chu^{2}	神主	牌位
hiuN^{1}	香	燒的香
hiuN^{1}–lo·^{5}	香爐	香爐
lah^{8}–tiau^{5}	蠟條	西洋蠟燭
chek^{4}	燭	蠟燭
koaN^{1}–chha^{5}	棺柴	棺材
hun^{1}	薰	香菸
hun^{1}–chhe^{1}	薰吹	菸斗
hun^{1}–sai^{2}	薰屎	菸灰
hun^{1}–poaN^{5}	薰盤	菸灰缸
hoan^{1}–a^{2}–he^{2}	番仔火	火柴

ka^{1}–to^{1}	鉸刀	剪刀
chng^{3}–a^{2}	鑽仔	錐子
chiam^{1}	針	針
soaN^{3}	線	線
ut^{4}–tau^{2}	熨斗	熨斗
chhioh^{4}	尺	尺
chhin^{3}	秤	秤
ku^{3}–a^{2}	鋸仔	鋸子

thih^4–teng^1	鐵釘	鐵釘
teng^1–a^2–thui^5	釘仔槌	鐵槌
po·^{2}–thau^5	斧頭	斧頭
ti^5–thau^5	鋤頭	鋤頭
loe^5	犁	犁；挖地、翻地
chhiuN^1	槍	槍
sap^4–bun^5	雪文	肥皂
ang^5–mng^5–tho·^{5}	紅毛塗	水泥
chioh^8–he^1	石灰	石灰
chhiu^7–ni^1	樹乳	橡膠，橡膠製品
補遺		
mih^8	物	東西

16. 文化用品

oe^7	話	話
ko·^{2}	古	童話，故事
im^1–gak^8	音樂	音樂
koa^1	歌	歌
khek^4	曲	曲調、旋律
ji^7	字	字
chheh^4	冊	書
chap^8–chi^3	雜誌	雜誌

siau^{2}–soat^{4}	小說	小說
po^{3}–choa^{2}	報紙	報紙
to·^{5}	圖	繪畫
toe^{7}–to·^{5}	地圖	地圖
toaN^{1}	單	單據，傳單
phio^{3}	票	各種票券
phe^{1}	批	信
phe^{1}–long^{5}	批囊	信封
beng^{5}–sin^{3}–phiN^{3}	明信片	明信片
iu^{5}–phio^{3}	郵票	郵票
siong^{3}	相	照片；瞄準
siong^{7}	像	照片
siong^{3}–pho·^{7}	相簿	相簿
lah^{8}–jit^{8}	曆日	日曆
choa^{2}	紙	紙
pit^{4}	筆	筆
ian^{5}–pit^{4}	鉛筆	鉛筆
thih^{4}–pit^{4}	鐵筆	鋼筆、筆
ban^{7}–lian^{5}–pit^{4}	萬年筆	鋼筆、自來水筆
hun^{2}–pit^{4}	粉筆	粉筆
o·^{1}–bak^{8}	烏墨	黑墨
bak^{8}–chui^{2}	墨水	墨水

chiN^{5}	錢	錢
gun^{5}–phio^{3}	銀票	鈔票
gun^{5}–kak^{4}–a^{2}	銀角仔	硬幣
seng^{1}–li^{2}	生理	買賣
pun^{2}–chiN^{5}	本錢	資本，本錢
bu^{2}–chiN^{5}	母錢	本金
li^{7}–sek^{4}	利息	利息
lai^{7}	利	利息
he^{7}–a^{2}	會仔	互助會
siau^{3}	數	計算、算帳
siau^{3}–pho·^{7}	數簿	帳簿
sng^{3}–poaN^{5}	算盤	算盤
in^{3}	印	印章；印刷
so·^{2}–hui^{3}	所費	費用
mih^{8}–ke^{3}	物價	物價
ang^{5}–pau^{1}	紅包	賀禮；賄賂
ioh^{8}	藥	藥
ioh^{8}–oan^{5}	藥丸	藥丸
ioh^{8}–chui^{2}	藥水	藥水
ioh^{8}–hun^{2}	藥粉	藥粉
ko·^{1}–ioh^{8}	膏藥	膏藥
hi^{3}	戲	戲

koa^{1}–a^{2}–hi^{3}	歌仔戲	歌仔戲
po·^{3}–te^{7}–hi^{3}	布袋戲	布袋戲
kiaN^{1}–hi^{3}	京戲	京劇
hi^{3}–hng^{5}	戲園	戲院
hi^{3}–iN^{7}	戲院	戲院。（新詞）
hi^{3}–tai^{5}	戲台	舞台
ki^{5}	棋	象棋、圍棋……
ki^{5}–ji^{2}	棋子	棋子
ki^{5}–poaN^{5}	棋盤	棋盤
pai^{5}–a^{2}	牌仔	撲克牌
ba^{5}–chhiok^{4}	痲雀	麻將
ang^{1}–a^{2}	翁仔	娃娃、玩偶
kan^{1}–lok^{8}	干祿	陀螺
kiu^{5}	球	球
hong^{1}–chhe^{1}	風吹	風箏
chhia^{1}	車	車
lian^{2}	輦	車輪
tong^{7}–lian^{2}–chhia^{1}	動輦車	腳踏車
kha^{1}–tah^{8}–chhia^{1}	跤踏實	腳踏車
saN^{1}–lian^{2}–chhia^{1}	三輦車	三輪車
chu^{7}–tong^{7}–chhia^{1}	自動車	汽車
khi^{3}–chhia^{1}	汽車	汽車。（新詞）
ke^{3}–theng^{5}–chhia^{1}	計程車	計程車。（新詞）

kong^{1}–kiong^{7}–khi^{3}–chhia^{1}	公共汽車	公共汽車
he^{2}–chhia^{1}	火車	火車
tian^{7}–chhia^{1}	電車	電車
hui^{1}–ki^{1}	飛機	飛機
chun^{5}	船	船
phang^{5}	篷	帆
chiuN^{2}	槳	槳
kio^{7}	轎	轎子
tian^{7}–khi^{3}	電氣	電力
tian^{7}–he^{2}	電火	電燈
tian^{7}–hong^{1}	電風	電風扇
tian^{7}–oe^{7}	電話	電話
tian^{7}–po^{3}	電報	電報
tian^{7}–iaN^{2}	電影	電影
tian^{7}–si^{7}	電視	電視
chui^{2}–to^{7}	水道	自來水管
oa^{2}–su^{1}	瓦斯	瓦斯
pong^{7}–pio^{2}	磅表	測量表、測量器
ho·^{7}–khau^{2}	戶口	戶口
ho·^{7}–chio^{3}	護照	護照，簽證
sin^{1}–hun^{7}–cheng^{3}	身分證	身分證

kui^{2}	鬼	鬼
sin^{5}	神	神
put^{8}	佛	佛
Ma^{2}–cho·^{2}	媽祖	媽祖
Seng^{5}–ong^{5}	城隍	城隍爺
Ki^{1}–tok^{4}	基督	基督
bio^{7}	廟	廟
si^{7}–iN^{7}	寺院	寺院
kau^{3}–hoe^{7}	教會	教會
補遺		
kiau^{2}	繳	賭博

17. 社會設施

ki^{1}–koan^{1}	機關	機關團體、官署
cheng^{3}–hu^{2}	政府	政府
gi^{7}–hoe^{7}	議會	議會
soan^{2}–ku^{2}	選舉	選舉
hau^{7}–soan^{2}–jin^{5}	候選人	候選人
kang^{1}–chhiuN^{2}	工廠	工廠
gun^{5}–hang^{5}	銀行	銀行
iu^{5}–kiok^{8}	郵局	郵局
iah^{8}–thau^{5}	驛頭	車站
chhia^{1}–thau^{5}	車頭	車站；火車頭

be^{2}–thau^{5}	碼頭	碼頭
ki^{1}–tiuN^{5}	機場	機場
siaN^{5}–chhi^{7}	城市	城市
koe^{1}	街	街
chhau^{2}–toe^{7}	草地	鄉下
siaN^{5}	城	城
kong^{1}–hng^{5}	公園	公園
piN^{7}–iN^{7}	病院	醫院
to·^{5}–su^{1}–koan^{2}	圖書館	圖書館
phok^{4}–but^{8}–koan^{2}	博物館	博物館
tong^{7}–but^{8}–hng^{5}	動物園	動物園
sit^{8}–but^{8}–hng^{5}	植物園	植物園
siat^{4}–pi^{7}	設備	設備
kau^{1}–thong^{1}	交通	交通
lo·^{7}	路	路
koe^{1}–lo·^{7}	街路	街道
hang^{7}–a^{2}	巷仔	巷子
kio^{5}	橋	橋
tiau^{3}–kio^{5}	釣橋	吊橋
thih^{4}–kio^{5}	鐵橋	鐵橋、鐵路橋
pong^{7}–khang^{1}	磅空	隧道
kheh^{4}–koan^{2}	客館	旅館
lu^{2}–sia^{7}	旅社	旅社。（新詞）
chiu^{2}–ka^{1}	酒家	酒家。（新詞）

hoe^7 會 會

hoe^7–gi^7 會議 會議

sek^4 式 典禮；形式

補遺

hak^8–hau^7 學校 學校

18. 其他

tai^7–chi^3 事志 事情

bun^7–toe^5 問題 問題

hoat^4–to·^{7} 法度 方法、辦法

hong^1–hoat^4 方法 方法。（文言）

ke^3–tat^8 價值 價值

lo·^{7}–eng^7 路用 用處

koan^1–he^7 關係 關係

le^2–so·^{3} 禮素 禮儀成規

thau^5–lo·^{7} 頭路 工作

chhu^3–bi^7 趣味 趣味；有趣

thoan^5–kiat^4 團結 團結

chek^4–jim^7 責任 責任

pun^2–su^7 本事 本領

seng^3–toe^7 性地 性格

seng^3–cheng^5 性情 性情

phi^{5}–khi^{3}	脾氣	惡習、毛病
phiah^{4}	癖	癖好
to·^{7}–liong^{7}	度量	肚量
phang^{7}	縫	間隙、縫
peh^{8}–chhat^{8}	白賊	謊話
chhin^{1}–chiaN^{5}	親情	提親、說媒
ian^{5}	緣	緣份，因緣
in^{1}–ian^{5}	因緣	(同上雙音節詞)
jin^{5}–cheng^{5}	人情	人情義理
in^{1}–cheng^{5}	恩情	恩情
oan^{1}–siu^{5}	寃讐	寃仇
hong^{1}–siaN^{1}	風聲	謠言
siN^{1}–jit^{8}	生日	生日
mia^{5}	名	名字，名稱
siN^{3}	姓	姓
mia^{7}	命	命運
sio^{2}–khoa^{2}	少可	少量，一點
koa^{2}	可	(同上簡縮形)

補遺

he^{3}	歲	歲

19. 地名

se^{3}–kai^{3}	世界	世界

Tai^{5}–oan^{5}	台灣	台灣
Tai^{5}–pak^{4}	台北	台北
Tai^{5}–tiong^{1}	台中	台中
Tai^{5}–lam^{5}	台南	台南
Tai^{5}–tang^{1}	台東	台東
Koe^{1}–lang^{5}	雞籠	基隆
Sin^{1}–tek^{4}	新竹	新竹
TaN^{2}–kau^{2}	打狗	高雄。(從原住民語而來)
Ko^{1}–hiong^{5}	高雄	高雄
Hoe^{1}–lian^{5}	花蓮	花蓮
PhiN^{5}–o·^{5}	澎湖	澎湖
Jit^{8}–pun^{2}	日本	日本
Bi^{2}–kok^{4}	美國	美國
Eng^{1}–kok^{4}	英國	英國
Hoat^{4}–kok^{4}	法國	法國
Tek^{4}–kok^{4}	德國	德國
So·^{1}–lian^{5}	蘇聯	蘇聯
Ngo·^{5}–lo^{5}	俄羅	蘇聯
Tiong^{1}–kok^{4}	中國	中國
Tng^{5}–soaN^{1}	唐山	唐山。(華僑的用語)

1. 全身的動作

siN^{1}	生	生產；生腫瘡等
chhut^{4}–si^{3}	出世	出生、誕生
io^{1}	育	撫養小孩
chhi^{7}	飼	餵；飼養、養育
oah^{8}	活	活
si^{2}	死	死
ke^{3}–sin^{1}	過身	逝世
khia^{7}	徛	站立；居住
to^{2}	倒	躺；倒閉，死
the^{1}	撐	往後傾；划(船)
phak^{4}	覆	趴
ng^{3}	向	向
kiaN^{5}	行	走；去；下棋
chau^{2}	走	跑
che^{7}	坐	坐

pe^{1}	飛	飛
siu^{5}	泅	游
khun^{3}	困	睡
chhoah^{4}	擦	發抖
chun^{3}	戰	發抖；輕微搖晃
ba^{5}	痲	麻痺
chhio^{1}	超	慾望、貪心

hun^{7}	暈	昏厥
hin^{5}	眩	暈車、船等交通工具
chhiN^{2}	醒	睡醒
cheng^{1}–sin^{5}	精神	睡醒；精神
phoa^{3}–piN^{7}	破病	生病
koaN^{5}–tioh^{0}	寒着	著涼、感冒
joah^{8}–tioh^{0}	熱着	中暑

2. 五官的動作

bang^{7}	夢	作夢；夢
bang^{7}–kiN^{0}	夢見	夢見
khoaN^{3}	看	看
khoaN^{3}–kiN^{0}	看見	看見，看到
gin^{5}	凝	瞪
thiaN^{1}	聽	聽

thiaN^{1}–kiN^{0} 聽見 聽見，聽到
phiN^{7} 鼻 聞
phiN^{7}–kiN^{0} 鼻見 聞到

hoaN^{5} 鼾 打鼾
ham^{7}–bin^{5} 陷眠 說夢話

chiah^{8} 食 吃、喝
lim^{1} 淋 喝，喝下
thun^{1} 吞 吞嚥
ka^{7} 咬 咬
kam^{5} 銜 銜
tam^{1} 嘗 嚐、沾
chiN^{7} 舐 舔
po·^{7} 哺 咀嚼
soh^{8} 嗽 吸
tho·^{3} 吐 吐
phui^{3} 費 吐出
pun^{5} 噴 吹；吹牛

phah^{4}–eh^{4} 拍噦 打嗝兒
phah^{4}–ka^{1}–chhiu^{3} 拍加秋 打噴嚏
hah^{4}–hi^{3} 熇肺 打哈欠
tuh^{4}–ku^{1} 拄龜 打瞌睡

lau^{3}–sai^{2}	落屎	腹瀉
sau^{3}	嗽	咳嗽
kan^{3}	幹	肏
sio^{1}–kan^{3}	相幹	(同上不及物動詞)
gian^{3}	癮	癮
chim^{1}	唚	吻
chhio^{3}	笑	笑
khau^{3}	哭	哭
hau^{2}	哮	(放懷地)哭
kio^{3}	叫	叫
jiong^{2}	嚷	嚷
hoah^{4}	喝	大聲喊、申訴
chhoan^{2}	喘	喘氣
chhoan^{2}–khui^{3}	喘氣	呼吸

3. 手腳的動作

bong^{1}	摸	摸
so^{1}	搔	撫摸
tah^{4}	搭	輕拍；買(液體)物；搭乘
gim^{7}	扲	握、抓
lam^{2}	攬	擁抱

pho^{7}	抱	抱
aiN^{7}	背	背
liam^{3}	捻	擰、捏
jiau^{3}	抓	搔、抓
ngiau^{1}	擽	搔腋下、腳心等使發癢
thoeh^{8}	提	拿在手中
giah^{8}	刊	舉
phong^{2}	拌	抱、夾
phang^{5}	捧	兩手拿盆、盤子等
pho·^{5}	扶	從下面拿起、舉起；獻殷勤
koaN^{7}	揹	一隻手提
gia^{5}	擧	(兩手上下張開)舉起
pe^{2}	拏	用雙手撥開
khiu^{2}	扭	拉、拖
thoa^{1}	拖	擦地似的拉、拖
sak^{4}	揀	推
tan^{3}	擲	扔、投
kng^{1}	扛	兩個人抬
taN^{1}	担	一個人扛
phah^{4}	拍	打
cheng^{1}	舂	揍，以鈍器毆打
kong^{3}	摃	棒打
phah^{4}–phok^{4}–a^{2}	拍博仔	拍手

thiau^{3}	跳	跳
khu^{5}	踞	蹲
kui^{7}	跪	跪
chhu^{7}	趨	滑
that^{4}	踢	踢
tah^{8}	踏	踏、踩
chhoe^{5}	蹵	爬行、膝行
chhoe^{5}–lok^{8}–phe^{5}	蹵鹿皮	慢吞吞、磨菇。(罵人的話)
pe^{5}	扒	爬
so^{5}	趖	爬；遲緩的
pi^{3}	痺	手腳發麻
poah^{8}–to^{2}	拔倒	跌倒
liah^{8}–leng^{5}	搦夌	按摩
chu^{3}–sia^{7}	注射	打針
phoa^{3}–pak^{4}	破腹	剖腹；解剖
chhiu^{2}–sut^{8}	手術	手術

補遺

kha^{3}	扣	輕敲；打電話

4. 使用工具的動作

chu^{2}–chhai^{3}	煮菜	烹調
thai^{5}	刣	(用刀)切；殺

chhiat^{4}	切	細切
cham^{7}	斬	剁
lio^{5}	擦	薄薄的削起
koah^{4}	割	斜切；割
chhiam^{2}	鐕	扎、刺
chu^{2}	煮	煮、炊
chian^{1}	煎	炒
chiN^{3}	搢	油炸
sah^{8}	煠	用開水燙
chhe^{1}	炊	蒸
liu^{7}	餾	熱一下；練習
choaN^{1}	煎	燒開；熬
pu^{5}	炰	烤
kun^{2}	滾	沸騰
kun^{5}	焄	長時間煮
ngoeh^{4}	筴	用筷子夾
un^{3}	搵	沾醬油等
kiau^{2}	攪	加湯等等
chhiau^{1}	搜	弄亂；攪拌原料
chham^{1}	參	撒上調味料；加
lam^{7}	濫	摻混
siN^{7}	踶	醃；擦藥刺痛感
thin^{5}	陳	斟酒
iuN^{2}	養	酌、汲

ka^{1}	鉸	用剪刀剪
thi^{3}	剃	剃
ku^{3}	鋸	用鋸子鋸
khau^{1}	敲	用刨子削
teng^{3}	釘	釘釘子，釘死
kut^{8}	掘	掘
tai^{5}	台	埋
khek^{4}	刻	雕刻
tuh^{8}	突	拄著；盤問
siah^{4}	析	削
chhiah^{4}	刺	(用機器)織
thi$_{N}$^{7}	紩	縫
loe^{3}	鑢	搓、揉
boa^{5}	磨	磨；吃苦
bin^{2}	抿	用刷子刷
chhit^{4}	拭	擦
soe^{2}	洗	洗
soa^{2}–khau^{2}	漱口	漱口
sau^{3}	掃	掃
sau^{3}–te^{3}	掃塊	打掃。(及物動詞的用法)
ut^{4}	熨	熨燙
hip^{4}	翕	空氣不通；照相
poa^{3}	簸	用畚箕畚，振奮、揮動、篩

chng[1]	裝	化粧；包裝
pau[1]	包	包；包圍
pak[8]	縛	綁
chhui[1]	推	勒緊繩子；催促
ko·[5]	糊	上漿；糊
sia[2]	寫	寫
chhau[1]	抄	照抄
bio[5]	描	描
ui[7]	畫	畫
chhut[4]–pan[2]	出版	出版
siu[1]–li[2]	修理	修理；懲罰
pong[7]	磅	磅
chhin[3]	秤	用秤桿秤
niu[5]	量	用尺量

5. 存在・移動

u[7]	有	有；所有
bo[5]	無	無，不存在
si[7]	是	是
tioh[8]–si[7]	着是	就是
chiu[7]–si[7]	就是	(同上文言用法)
ti[7]	著	在，有
tiam[3]	站	在

chhin¹–chhiuⁿ⁷	親像	就像
eng⁷	用	使用
tiⁿh⁸	値	取來放著
khioh⁴	却	撿、拾
tiah⁴	摘	指名，選出
keng²	揀	挑選
bian²	免	不需要
m⁷–bian²	唔免	(同上雙音節詞)
tho²–kak⁸	討角	拋棄、扔掉
ka¹–lauh⁸	加落	扔下、使落下
phah⁴–m⁷–kiⁿ³	拍唔見	遺失
i⁷	爲	做遊戲
choe³	做	做、作
chhong³	創	做，派、打發
chhit⁴–tho⁵	迌迌	遊玩
(也叫 thit⁴–tho⁵)		
un⁷–tong⁷	運動	運動
ke¹	加	增加
kiam²	減	減少
chhun¹	伸	剩；伸
kau³	夠	足夠；到達

chha^{1}	差	有差別，不同
cheng^{1}–chha^{1}	精差	(同上雙音節詞)
tioh^{8}	着	相當於；合格
lai^{5}	來	來
khi^{3}	去	去
chhut^{4}	出	出去、離家；殺價
jip^{8}	入	進入，放進
chiuN^{7}	上	上；登
loh^{8}	落	下，下來；降
khui^{1}	開	開；開業
koaiN^{1}	關	關；下獄
khi^{2}	起	開始；漲價；蓋房子
ke^{3}	過	通過；傳染
theng^{5}	停	停止
chi^{2}	止	出血等停止
soa^{3}	續	繼續
oa^{2}	倚	靠向，偏向
siam^{2}	閃	閃避
lau^{5}	留	留下，挽留
chhut^{4}–goa^{7}	出外	出遠門，旅行
hioh^{4}	歇	休息；住宿
hioh^{4}–khun^{3}	歇困	休息
soah^{4}	煞	終了

oaN[7]	換	交換
thoe[3]	替	代替
poaN[1]	搬	搬家
soa[2]	徙	移動、遷
chhiau[5]	移	改正，挪位置
koe[2]	改	修改
khng[3]	囥	放置
he[7]	下	置放；許願
chhai[7]	在	安裝
tin[3]	鎮	佔地方；佔有；沈著、安靜
tin[3]-te[3]	鎮塊	妨礙。(不及物動詞用法)
toe[2]	底	裝入容器中
siu[1]	收	收
chhang[3]	藏	藏起來
bih[4]	匿	躲藏
chhe[7]	尋	尋找；拜訪人
kiu[1]	縮	縮小；退居、隱退
kiu[3]	究	伸縮、縮小

補遺

tiaN[7]	奠	一動不動地停著
khoan[2]	款	整頓、收拾

6. 一般操作

ti^{3} 戴 戴

chheng^{7} 穿 穿

chhng^{1} 串 穿過小的孔

kat^{4} 結 打結

chah^{4} 束 穿、裝飾

toa^{3} 帶 攜帶；就業

koa^{3} 掛 掛

tau^{3} 鬪 撮合；競爭；幫忙

chhu^{1} 舒 舖上

chu^{7} 住 安放在下面

chih^{4} 摺 摺

au^{2} 拗 弄彎、折彎

at^{4} 揠 折、彎

chih^{8} 折 折

hian^{1} 掀 打開蓋子

kham^{3} 蓋 蓋蓋子；蓋章

boah^{4} 抹 抹、塗

chun^{7} 順 擰，扭

thiap^{8} 疊 疊起來

khan^{1} 牽 牽

thiu^{1} 抽 抽出；抽籤

thng^{3} 褪 脫

thau^2	解	解開
thiah^4	拆	撕破；分析
peh^4	擘	用手剝；登
li^3	剺	撕細
chng^3	鑽	鑽入
kauh^4	餃	捲進；壓
chhia^1	車	推翻、弄倒
peng^2	反	翻覆
io^5	搖	搖動
lau^3	落	摘下，掉下；腹瀉
tng^2	轉	旋轉，變化；回家
phang^2	紡	旋轉
seh^8	旋	繞圈，旋轉
ko^7	翶	滾動
tiam^2	點	點火；點、分數
hiaN^5	焚	燃燒，燒
chio^3	照	照，照耀
phak^8	曝	曬，晾
phi^1	披	平展開
ia^7	欲	撒，散佈
chai^1	栽	種幼苗
cheng^3	種	播種
chang^5	灇	將水傾倒一空，冲水
ak^4	沃	澆水等；淋雨

tiau[3]	吊	吊
tio[3]	釣	釣
po·[2]	補	補充；修理；治療牙齒
siuɴ[1]	鑲	鍍；鑲金牙套；袖子等鑲邊
pang[3]	放	放；釋放；上廁所
khia[5]	騎	騎
ko·[3]	顧	守護
tiuɴ[1]–ti[5]	張持	小心；預防
ti[5]–hong[5]	持防	注意、小心；警戒
tui[1]	追	追踪
te[3]	對	追隨
liah[8]	搦	揪住、捉拿
heng[5]	刑	拷問
hoat[8]	罰	罰
hah[8]	合	準確、對準
koaɴ[2]	赶	急
tan[5]	陳	鳴、響
thi[5]	啼	鳥、獸、蟲等鳴叫
pui[7]	吠	狗、野獸等吠
lau[5]	流	流
tim[5]	沈	沈
lau[7]	漏	漏水；洩漏
phun[3]	濆	水花濺起、噴
chhe[1]	吹	吹

iu^{5}	煬	溶化
kian^{1}	堅	冰等凝固
chheng^{3}	縱	吹起、噴起；擤鼻涕
toh^{8}	焯	著火，燃燒
he^{2}–sio^{1}	火燒	火災
hoa^{1}	花	熄滅
chhut^{4}–soaN^{1}	出山	出殯
liu^{5}–heng^{5}	流行	流行
si^{5}–kiaN^{5}	時行	盛行
chhut^{4}–hong^{1}–thau^{5}	出風頭	出鋒頭
chhut^{4}–thau^{5}–thiN^{1}	出頭天	出頭天

補遺

pi^{3}	比	比較
pheng^{7}	並	較量

7. 喜怒哀樂

ai^{3}	愛	愛；必要
sioh^{4}	惜	珍惜；疼愛
thiaN^{3}	痛	疼愛；痛
ge^{5}	睨	厭惡
hiam^{5}	嫌	討厭；吹毛求疵
geng^{5}	凝	感到遺憾、懊悔，氣憤難平
hun^{7}	恨	憎恨；怨恨

oan^{3}–hun^{7}	怨恨	怨恨
ui^{3}	畏	覺得負擔
khi^{3}	氣	生氣
siu^{7}–khi^{3}	受氣	（同上雙音節詞）
tiuN^{1}	張	耍脾氣，撒嬌
hoaN^{1}–hi^{2}	歡喜	高興
thiong^{3}	暢	感覺有趣，痛快
sang^{2}	爽	自豪、驕傲
sang^{2}–se^{3}	爽勢	（同上雙音節詞）
hoan^{2}–lo^{2}	煩惱	煩惱
kiaN^{1}	驚	害怕；吃驚
o^{1}–lo^{2}	阿老	誇獎
me^{7}	罵	罵
ok^{4}	惡	大聲責罵；猙獰
chiah^{8}–chho·^{3}	食醋	吃醋、嫉妒
tek^{4}–sit^{4}	得失	招人怨恨，得罪
kah^{4}–i^{3}	合意	喜歡

8. 知識活動

chai^{1}	知	知道
chai^{1}–iaN^{2}	知影	（同上雙音節詞）
bat^{4}	捌	曉得，認識
mia^{5}–choe^{3}	名做	名叫～

kio^3–choe^3 叫做 叫做～

kong^2 講 講，說

lun^7 論 討論

gi^7–lun^7 議論 議論

chiɴ^3 諍 固執己見

mng^7 問 問

chan^3–seng^5 贊成 贊成

hoan^2–tui^3 反對 反對

niu^7 讓 讓步

tau^5 投 告狀、申訴

po^3 報 報告；報復，還手

ko^3 告 控告、起訴

hoan^1–hu^3 吩咐 吩咐；訂購

kau^1–tai^3 交帶 委託

siuɴ^7 想 想、思考

liau^7–siong^2 料想 推測

ng^3–bang^7 向望 希望

phah^4–sng^3 拍算 安排、打算

pan^7 弁 處理

sng^3 算 算，計算

chha^5 查 調查

ka^3 教 教

oh^8 學 學習

ki^3 記 記住

thak^{8}	讀	讀；學習、用功
thak^{8}–chheh^{4}	讀册	（同上雙音節詞）
liam^{7}	念	小聲讀
chhiuN^{3}	唱	唱歌
ioh^{4}	約	猜中謎語
pai^{3}	拜	拜
chiụ^{3}–choa^{7}	呪誓	發誓
po^{2}–pi^{3}	保庇	保佑
kim^{2}–chi^{2}	禁止	禁止
teng^{1}–ki^{3}	登記	登記

9. 對人關係

iok^{4}	約	約定
chio^{1}	招	邀請
tan^{2}	等	等待
theng^{3}–hau^{7}	聽候	等候時機，等待
gu^{7}	遇	遇見
chih^{4}	接	迎接
siau^{7}–kai^{3}	紹介	介紹
（也叫 kai^{3}–siau^{7}）		
choe^{3}–he^{2}	做夥	一起
chham^{1}–siong^{5}	參詳	商量
ke^{3}–kau^{3}	計較	計較、爭

kah^{4} 教 役使、支使

chhe^{1} 差 派遣

chhe^{1}–kah^{4} 差教 使喚，差遣

sin^{3} 信 相信；信仰

siong^{1}–sin^{3} 相信 (同上雙音節詞)

giau^{5}–gi^{5} 僥疑 懷疑

oh^{8}–oe^{7} 學話 搬弄是非

koan^{2} 管 管理；治理

ui^{7} 爲 偏袒

kho^{3} 靠 倚賴，仗人勢

tau^{3}–kha^{1}–chhiu^{2} 鬬跤手 幫忙

go·^{7} 誤 失常，貽誤

tiau^{1} 彫 使困擾

phian^{3} 騙 欺騙；哄小孩

hoan^{2}–hiau^{1} 反僥 背叛、辜負

kun^{2}–chhio^{3} 滾笑 開玩笑

kiu^{3} 救 救助

hai^{7} 害 加害，陷害

si^{5} 辭 解雇

thai^{5}–thau^{5} 刣頭 殺頭

po^{3}–tap^{4} 報答 報答

oan^{1}–ke^{1} 寃家 吵架

sio¹–me⁷	相罵	口角
sio¹–phah⁴	相拍	打架
sio¹–thai⁵	相刣	戰爭
piaN³	拚	倒出；打掃；拚命；競爭
keng⁷–cheng¹	競爭	競爭。(具文言色彩)
iaN⁵	贏	贏
su¹	輸	輸
ho⁵	和	和好
chhe⁷	坐	道歉、賠罪；補償
kiat⁴–hun¹	結婚	結婚
chhoa⁷	悉	帶路；娶
ke³	嫁	嫁
chhah⁴–chhiam¹	插針	下聘(女方)
lo·²–lat⁸	努力	謝謝
to¹–sia⁷	多謝	謝謝。(具文言色彩)
tui³–put⁴–chu⁷	對不住	對不起。(具文言色彩)
siu⁷–boe⁷–khi²	受𣍐起	擔當不起
khi²–kam²	豈敢	不敢當
sit⁴–le²	失禮	失禮；再見
chai³–hoe⁷	再會	再見。(具文言色彩)
chioh⁴–mng⁷	借問	請問

補遺

poah^{8}–kiau^{2} 拔繳 賭博

10. 物品授受

ho·^{7} 與 給

sang^{3} 送 贈送

kia^{3} 寄 寄放；匯、寄

pun^{1} 分 分

poah^{4} 撥 分出一部分；挪借

chau^{7} 找 找零

siuN^{2} 賞 獎賞

chian^{2}–piat^{8} 餞別 餞別。(具文言色彩)

sun^{7}–hong^{1} 順風 餞別；祝平安

chhiaN^{2} 請 招待，請客

chheng^{2} 請 申請，發給

tho^{2} 討 討、要

thau^{1} 偷 偷

thau^{1}–thoeh^{8} 偷提 (同上雙音節詞)

chhiuN^{2} 搶 搶奪

boe^{2} 買 買

boe^{7} 賣 賣

tiah^{4} 糴 買入穀物

thio^{3} 糶 賣出穀物

sia^{1} 賒 賒欠

hak⁴	購	購買
chioh⁴	借	借、貸
se³	稅	租(房子等)；稅金
cho·¹	租	(同上)
tng³	當	典當
phoaN³	販	大量販購、取得
bau⁷ (也叫 bauh⁸)	貿	大量買下；承包
khai¹	開	浪費；玩女人
than³	趁	賺錢
liau²	了	損失；終了
pe⁵	賠	賠償
lap⁸	納	繳納
nia²	領	領取，領受

Ⅲ 形容詞

1. 對照概念

toa⁷	大	大
soe³	細	小
sio²	小	(官階、等級、程度)較低
toa⁷–han³	大漢	(身材)大
soe³–han³	細漢	(身材)小
koaiɴ⁵	懸	高
ke⁷	下	低
lo³	躼	(身高)高
oe²	矮	(身高)矮
kui³	貴	(價值)貴
siok⁸	俗	便宜
tng⁵	長	長
te²	底	短
khoah⁴	濶	寬廣
oeh⁸	狹	狹窄
tang⁷	重	重

khin1	輕	輕
kau7	厚	厚；(蚊子等)多
poh8	薄	薄
chho·1	粗	粗
iu3	幼	細
ngi7	硬	硬
nng2	軟	軟
teng7	奠	硬
phaN3	冇	肉不結實
phong3	胖	腫、脹
nah4	塌	凹陷
ta1	乾	乾
tam5	澹	濕
sip4	濕	潮濕
chhim1	深	深；(問題)難
chhian2	淺	淺；(問題)簡單
oh4	惡	困難；慢
khoai3	快	簡單；迅速
hng7	遠	遠
kuN7	近	近
pui5	肥	胖
san2	散	瘦
joah8	熱	熱
koaN5	寒	冷

iN^{5}	圓	圓
piN^{2}	扁	扁
kin^{2}	緊	快速
ban^{7}	慢	慢
cha^{2}	早	早
oaN^{3}	晏	(時間)晚
leng^{7}	零	鬆
an^{5}	緊	緊
lo^{5}	勞	濁
chheng^{1}	淸	清
kiam^{5}	鹹	鹹
chiaN^{2}	飷	鹹度不夠
chiaN^{3}	正	位置端正
oai^{1}	歪	歪
chin^{1}	眞	真
ke^{2}	假	假
kng^{1}	光	光亮
am^{3}	暗	暗
sui^{2}	美	美，漂亮
bai^{2}	僫	醜、骯髒
ho^{2}	好	好
phaiN^{2}	歹	壞
choe^{7}	多	多
chio^{2}	少	少

chiaN^{1}	精	瘦肉多
iu^{5}	油	脂肪多
leng^{2}	冷	冷
sio^{1}	燒	熱；燃燒
lai^{7}	利	銳利
tun^{1}	屯	鈍
beng^{5}	明	清楚
bu^{7}	霧	不清楚
chhiN^{1}	生	生的
sek^{8}	熟	煮過、熟的
iong^{2}	勇	强
lam^{2}	膦	弱
cheng^{7}	靜	安靜
chha^{2}	吵	吵鬧、喧囂
phang^{1}	芳	芳香
chhau^{3}	臭	臭
ka^{3}	絞	水份多的
kho^{2}	洘	水份不足，濃稠
go^{7}	餓	餓得慌
pa^{2}	飽	飽
hoaiN^{5}	横	横的；蠻横
tit^{8}	直	筆直
chat^{8}	實	塞得滿滿的
khang^{1}	空	空

chhe^{3}	脆	脆弱
lun^{7}	潤	黏度、韌性
kut^{8}	滑	光滑、滑溜
siap^{4}	澁	澀；不光滑；吝嗇
siau^{3}–lian^{5}	少年	年輕
lau^{7}	老	年老
gau^{5}	賢	卓越
ham^{5}–ban^{7}	含慢	笨拙、不高明
chheng^{1}–khi^{3}	清氣	乾淨
kiaN^{1}–lang^{5}	驚人	骯髒
seng^{2}	省	用很少的錢辦成的事
siong^{1}–pun^{2}	傷本	花費很多錢
khiam^{7}	儉	節儉
tho^{2}–che^{3}	討債	浪費、奢侈
sek^{8}–sai^{7}	熟似	熟悉、有交情
siN^{1}–hun^{7}	生份	陌生
ho^{2}–giah^{8}	好額	富有
san^{3}–hiong^{1}	散兇	貧窮
ho^{2}–mia^{7}	好命	好命
phaiN^{2}–mia^{7}	歹命	命不好
ho^{2}–se^{3}	好勢	狀況好
phaiN^{2}–se^{3}	歹勢	狀況壞，不好意思

補遺

sin^{1}	新	新

ku[7]	舊	舊

2. 其他

tiN[1]	甜	甜
loah[8]	辣	辣。(味覺)
hiam[1]	辛兼	辣。(嗅覺)
chiuN[7]	癢	癢
sng[1]	痠	肌肉僵硬、酸痛
sian[7]	善	精疲力盡
lan[2]	懶	無力感、倦怠感
chhau[3]–koaN[7]–sng[1]	臭汗酸	汗臭味
piN[5]	平	平坦
chiam[1]	尖	尖銳
ba[7]	密	没有間隙
iam[7]	炎	陽光或火勢很强
chhiu[1]–chhin[3]	秋凊	(因爲有風)涼爽
liang[5]	涼	(樹蔭下)涼爽
so·[3]	素	樸素
ia[2]	野	過火，非常强烈
tho·[2]	土	卑鄙、下流
song[5]	倯	土氣、俗氣
gong[7]	戇	愚蠢

kho·^{3}	寇	不機靈
chhiah^{4}	赤	潑婦；沾上灰燼
pin^{5}–toaN^{7}	憑憚	懶惰
lam^{2}–noa^{7}	膦爛	散漫、不嚴謹
kau^{2}–koai^{3}	狡獪	狡猾
kek^{4}–sai^{2}	激屎	傲慢、板着面孔
tang^{3}–sng^{1}	涷霜	吝嗇
chok^{4}–giat^{8}	作孽	惡作劇
chhiu^{2}–chheng^{3}	手銃	(小孩子)惡作劇

tiam^{7}	恬	安靜，寡言
ko·^{2}–i^{3}	古意	人很好，溫和親切
tiau^{5}–tit^{8}	條直	太過老實
lau^{2}–sit^{8}	老實	老實
kut^{4}–lat^{8}	骨力	勤勞、不懶惰
koai^{1}	乖	乖、順從
khiau^{2}	巧	靈巧、機靈
li^{7}–hai^{7}	利害	能幹、精明；症狀嚴重
ian^{5}–tau^{5}	緣投	英俊
ko·^{3}–khiam^{1}	故謙	謙虛
khong^{2}–khai^{3}	慷慨	度量大、俠義心

siau^{2}	猾	發瘋
hiau^{5}	嬈	思春

soe^{3}–ji^{7}	細膩	客氣；小心
kheh^{4}–khi^{3}	客氣	客氣。(具文言色彩)
song^{2}–khoai^{3}	爽快	爽快、愉快
chhin^{1}–chhiat^{4}	親切	親切
kian^{3}–siau^{3}	見笑	羞恥、害羞
hui^{3}–khi^{3}	費氣	麻煩極了
sim^{1}–sek^{4}	心適	有趣
ho^{2}–khoaN^{3}	好看	好看
ho^{2}–thiaN^{1}	好聽	好聽
ho^{2}–thiaN^{3}	好痛	可愛
ko·^{2}–chui^{1}	可推	小巧玲瓏
kho·^{2}–o·N^{3}	可惡	可惡、豈有此理
kho^{2}–lian^{5}	可憐	可憐
sue^{1}–siau^{5}	衰精	衰運
m^{7}–kam^{1}	唔甘	可憐，可惜
m^{7}–goan^{7}	唔願	懊惱，悔恨
liau^{2}–jian^{5}	了然	可憐，無情，嫌惡、厭棄
bo^{5}–eng^{5}	無閑	忙碌的
bo^{5}–iau^{3}–kin^{2}	無要緊	沒關係，不要緊
iau^{3}–kin^{2}	要緊	重要
m^{7}–tioh^{8}	唔着	錯誤
chha^{1}–put^{4}–to^{1}	差不多	差不多；大約
tu^{2}–ho^{2}	抵好	剛好，適當

saN^{1}–tang^{5} 相同 (一致)相同

sio^{1}–siang^{7} 相像 (完全)相同

koaN^{2}–kin^{2} 趕緊 急需，加快

ho^{2}–chiah^{8} 好食 好吃

chhut^{4}–mia^{5} 出名 有名

chhin^{3}–chhai^{2} 稱彩 無關緊要，不拘泥

chheng^{1}–chho^{2} 清楚 明白，清楚

gui^{5}–hiam^{2} 危險 危險

kek^{4}–liat^{8} 激烈 激烈

li^{7}–pian^{7} 利便 便利

phian^{1}–phiah^{4} 偏僻 偏僻

sit^{8}–chai^{7} 實在 實際

hi^{1}–han^{2} 稀罕 稀少、珍奇

補遺

sek^{4} 識 伶俐、巧妙周旋

tioh^{8} 着 正確

3. 色彩

ang^{5} 紅 紅

ng^{5} 黃 黃

chhiN^{1} 青 綠

o·^{1} 烏 黑

peh^{8} 白 白

lek^{8}	綠	綠
phu^{2}	眫	灰色，淡色
chui^{2}–ang^{5}	水紅	粉紅
te^{5}–sek^{4}	茶色	茶色、棕色
chi^{2}–sek^{4}	紫色	紫色
hoe^{1}	花	花樣，條紋；糾紛；說些謬論、歪理而固執己見

goa^{2}	我	我
goan^{2}	阮	我們；我的，我們的(不包含對方在內)
gun^{2}	阮	(同上)
li^{2}	汝	你
lin^{2}	恁	你們；你的，你們的
i^{1}	伊	他，她，那個人
in^{1}	𪜶	他們；他的，他們的
lan^{2}	咱	我們(包含對方在內)
ka^{1}–ti^{7}	家己	自己；自己本人
tai^{7}–ke^{1}	大家	大家
che^{1}	者	這、這個
he^{1}	夫	那、那個
chit^{4}	即	這、這個(人、事、物)。(後接數量詞)
hit^{4}	彼	那、那個(人、事、物)。(同上)
chia^{1}	者	這裡
hia^{1}	夫	那裡

chiah^4(–lin^0)	即(呢)	這樣、如此
hiah^4(–lin^0)	彼(呢)	那樣
an^2–ni^1	按呢	這樣，那樣
pat^8	別	另外的，其他的。(後接數量詞)
tak^8	逐	各個，各自。(同上)
sim^2–mih^0	甚麼	什麼
sim^2–mih^8–khoan^2	甚麼款	如何，什麼樣子
siaN^2–lang^5	啥人	誰，什麼人
siaN^2–he^3	啥貨	什麼東西
ti^7–si^5	底時	什麼時候
to^2–ui^7	何位	哪裡
an^2–choaN^2	按怎	爲什麼；如何
to^2–chit^8	何一	哪一～。(後接數量詞)
joa^7	若	多麼，何等。(後接形容詞)

補遺

kui^1	歸	～全部，整個～

V

e^{5}	兮	個。(查點個數時使用範圍最廣)
ho^{7}	號	類，……之流；號
khoan^{2}	款	樣子
cheng^{2}	種	種類
hang^{7}	項	分項查點時
kiaN^{7}	件	件。事件等
pian^{3}	遍	遍，回
pai^{2}	擺	回
pang^{1}	幫	回、次。(交通工具的運航次數)
choa^{7}	逝	回，有來有去的趟數
e^{7}	下	下，回。(上下運動的動作)
te^{3}	塊	塊，個。方的東西
phiN^{3}	片	片。薄平的東西
tiuN^{1}	張	張，台。長方形的東西
liap^{8}	粒	粒。粒狀的東西
ki^{1}	枝	枝。細長而硬的東西
tiau^{5}	條	條，枝。長而曲曲折折的東西
teng^{2}	頂	頂、個。帽子狀的東西

nia^{2}	領	件。衣服類
phian^{3}	片	片。擴展、伸展
tai^{5}	台	台。車輛。(從日語借用？)
chiah^{4}	隻	隻。動物
be^{2}	尾	尾。魚、蟲
chang^{5}	欉	棵。樹木
lui^{2}	蕊	朵。花
peng^{5}	朌	分割後的一方
chiu^{1}	周	切片。西瓜等
pun^{2}	本	册。書籍
pho^{7}	部	叢書等
siang^{1}	双	雙。筷子、鞋子等
kha^{1}	奇	雙的一半
tui^{3}	對	對。夫婦、門聯
tng^{3}	頓	餐、頓。飲食的回數
sun^{5}	巡	線、紋。傷痕、帶金絲線的絲織品等
chun^{7}	順	陣。風、雨等
ui^{7}	位	場所；位(人的敬稱)
chhut^{4}	出	戲劇節目等
thang^{2}	桶	桶
oaN^{2}	碗	碗
phiat^{4}	𥐻	盤

kan^{1}	矸	瓶
tih^{4}	滴	滴
pau^{1}	包	包

chhioh^{4}	尺	尺
chhun^{3}	寸	寸
chioh^{8}	石	石。(糧食、液體的容積單位)
kun^{1}	斤	斤
niu^{2}	兩	兩。(重量單位)
kah^{4}	甲	甲。(大約1公頃)
hun^{1}	分	甲的 1/10；分
bio^{2}	秒	秒
tiam^{2}–cheng^{1}	點鐘	小時、鐘頭
ni^{5}	年	年
tang^{1}	冬	年。(具口語色彩)
geh^{8}–jit^{8}	月日	月
jit^{8}	日	日
kho·^{1}	箍	元，圓
kak^{4}	角	角、10錢
chiam^{1}	尖	錢

補遺

chan^{5}	層	件。事件等
keng^{1}	間	間

koan^3	罐	瓶、罐
liau^5	條	計算桌椅等的單位。

Ⅵ 

chit^{8}	一	1
it^{4}	一	1。(文言音相同)
nng^{7}	兩	2
ji^{7}	二	2。(文言音相同)
saN^{1}	三	3。(文言音爲 sam^{1})
si^{3}	四	4。(文言音爲 su^{3})
go·^{7}	五	5。(文言音爲 ngo·^{2})
lak^{8}	六	6。(文言音爲 liok^{8})
chhit^{4}	七	7。(文言音相同)
poeh^{4}	八	8。(文言音爲 pat^{4})
kau^{2}	九	9。(文言音爲 kiu^{2})
chap^{8}	十	10。(文言音爲 sip^{8})
pah^{4}	百	百
chheng^{1}	千	千
ban^{7}	萬	萬
ek^{4}	億	億
khong^{3}	空	零
chit^{8}–poaN^{3}	一半	一半

goa[7]	外	餘(之前爲十，百，千等單位)
kui[2]	幾	幾~(以數字回答)

ai^{3}	愛	必須、得。(義務)
tioh^{8}	着	必須、得。(因周圍的情形，不得已)
tioh^{8}–ai^{3}	着愛	(同上雙音節詞)
eng^{1}–kai^{1}	應該	必須、得。(理應如此)
tong^{1}–jian^{5}	當然	當然
lai^{5}	來	今後要做～。(表意志)
beh^{4}	要	想要得到，想做～
m^{7}	唔	不想要得到，不想做～
thang^{1}	通	允許，可以做～
m^{7}–thang^{1}	唔通	不允許，不可以做～
ho^{2}	好	做～好
phaiN^{3}	歹	不好。做～不好
oe^{7}	會	會，有能力
boe^{7}	𣍐	不會，沒有能力
oe^{7}–hiau^{2}	會曉	會因練習
boe^{7}–hiau^{2}	𣍐曉	不會。(因沒有練習)
oe^{7}–sai^{2}	會使	可以。(因被允許)

oe^{7}–eng^{7}–tit^{0}	會用得	(同上)
boe^{7}–sai^{2}	𣍐使	不可以。(因不被允許)
boe^{7}–eng^{7}–tit^{0}	𣍐用得	(同上)
oe^{7}～tit^{0}	會～得	會～、可以～
boe^{7}～tit^{0}	𣍐～得	不會～、不可以～
gau^{5}	賢	～拿手
kaɴ^{2}	敢	有做的勇氣，～頻繁起來
kheng^{2}	肯	肯
tai^{7}–khai^{3}	大概	大概
tek^{4}–khak^{4}	的確	一定，必然
bo^{5}–tiaɴ^{7}–tioh^{8}	無定着	也許、說不定

beh^{4}	要	要。(未來)
teh^{4}–beh^{4}	著要	快要
teh^{4}	著	在
bat^{4}	捌	曾經。(過去的經驗)
han^{2}–tit^{0}	罕得	很少
be^{7}	未	尚未
iau^{2}–be^{7}	猶未	(同上雙音節詞)
sui^{5}	隨	馬上，立刻
liam^{5}–piN^{1}	連鞭	不久，不一會兒
khah^{4}–theng^{5}	較停	過一會兒，稍後
chhiaN^{2}	且	一會兒、許久、姑且
hian^{7}	現	現在，當場
i^{2}–keng^{1}	已經	已經
chin^{1}	眞	真。(語義有空洞化傾向)
chiok^{4}	足	非常，很
siong^{7}	上	最
choe^{3}	最	最。(具文言色彩)
siuN^{1}	傷	太過～。(不好的結果)

$thai^{3}$	太	太過～
iau^{2}	猶	還，尚。(數量上)
koh^{4}	閣	又，更。(動作、性質、狀態重複)
iu^{7}–koh^{4}	又閣	(同上雙音節詞)
$teng^{5}$	重	重新
$teng^{5}$–$chai^{3}$	重再	(同上雙音節詞)
ah^{8}	亦	亦；而且
ma^{7}	也	也，即使是。(反駁的語氣)
$long^{2}$	攏	全部
$long^{2}$–$chong^{2}$	攏總	(同上雙音節詞)
to^{1}	都	皆、全、都。(加强語氣)
$chiah^{4}$	即	即是，正是
$chiu^{7}$	就	即是，正是
pun^{2}–toe^{2}	本底	原本
pun^{2}–$chia\textsc{n}^{5}$	本成	(同上)
$goan^{5}$–lai^{5}	元來	原來
sun^{7}–soa^{3}	順續	順便
$chhia\textsc{n}^{2}$	請	請～
$thia\textsc{n}^{1}$–$ki\textsc{n}^{3}$–$kong^{2}$	聽見講	聽說

kong^{2}	講	(同上，簡縮形)
khah^{4}	盍	爲什麼。(反詰)
na^{2}	那	(同上)
ah^{8}	惡	有什麼～。(反詰)
kam^{2}	敢	～嗎？(反詰)
ju^{2}～ju^{2}	愈～愈	越～越～
na^{2}～na^{2}	那～那	一邊～一邊～；越來越～
ian^{5}–lo·^{7}～ian^{5}–lo·^{7}	沿路～沿路	一邊～一邊～。(可省略其中一方)

補遺

chiaN^{1}	正	真
siaN^{2}	啥	(不)太、(不)很。(與否定詞連用)
kan^{1}–taN^{7}	干但	只有
tiaN^{7}	定	經常
iu^{7}	又	(「又閣」的省略形)
koh^{4}–chai^{3}	閣再	再次。(以後發生的事)
tu^{2}–ho^{2}	抵好	恰好、湊巧，不湊巧
kiaN^{1}	驚	恐怕，萬一、如果

ho·[7]	與	被。(被動)
ka[7]	給	使、令。(主動)
kio[3]	叫	命令～、叫～。(主動)
kah[4]	敎	(同上，命令的語氣强烈)
ti[7]	著	在～
tiam[3]	站	在～。(「位置」意識强烈)
tui[3]	對	從～；對～
kau[3]	夠	至～，到～
eng[7] (也說成 iong[7])	用	用
chiong[1]	將	將～、把～。(特別强調動作的目的和對象)
pi[2]	比	比
lian[5]	連	連～。(與 to[1] (都)配合使用)
siu[5]–chai[7]	隨在	隨～。(放任)

補遺

kap[4]	佮	和、與
ui[7]–tioh[8]	爲着	爲了～

X 助動詞

la^{0}	了	了。(表示完了)
tioh^{0}	着	到
lai^{0}	來	來
khi^{0}	去	去
chhut^{0}–lai^{0}	出來	出來
chhut^{0}–khi^{0}	出去	出去
jip^{0}–lai^{0}	入來	進來
jip^{0}–khi^{0}	入去	進去
chiuN^{0}–lai^{0}	上來	上來
chiuN^{0}–khi^{0}	上去	上去
loh^{0}–lai^{0}	落來	下來
loh^{0}–khi^{0}	落去	下去
kah^{4}–beh^{4}–si^{2}	及要死	~得要命
kah^{0}	及	(同上簡縮形)
chit^{0}–e^{0}	一下	一下;看看
khoaN^{3}–bai^{7}	看覓	看看

bo^5	無	那麼
ah^4	抑	或、還是
kah^4, kap^4	佮	～和～
chham^1	參	～和～。(前者加入後者的語氣)
na^7	那	假使、倘若
chun^2–choe^3	準做	假定，假設
sui^1–jian^5	雖然	雖然
m^7–ku^2	唔拘	不過、但是
ma^5	然	但是
be^7–cheng^5	未曾	尚未，還沒
in^1–ui^7	因為	因為
so·^{2}–i^2	所以	所以
soah^4	煞	結果
補遺		
ah^8	亦	那，那麼

la^{0}	了	了。(明朗，無憂無慮的語氣)
le^{0}	咧	啦。(斷定)
o·^{0}	哦	哦，囉。(感嘆)
ho·ɴ^{0}	嚄	吧，是吧。(叮嚀對方)
e^{0}	兮	的。(確認)
ma^{0}	嗎	嗎。(反詰)
no·^{0}	哪	哪。(强烈反駁)
koh^{0}	閣	好了。(反感)
補遺		
soah^{0}	煞	啦。(讓步，任憑對方的語氣)
a^{0}	啊	啊。(感嘆)
na^{7}–nia^{7}	定定	而已

ai^{1}–io^{0}	噯唷	噯唷。(驚愕、痛苦時)
oe^{2}	喂	喂。(召喚)
oe^{5}	唯	是。(應答)
haN^{5}	哈	哈？(重問)
hng^{2}	哼	哼
a^{1}	啊	啊
ho·N^{3}	嚄	是吧？(隨聲附和)
o·^{3}	哦	哦
oa^{3}	哇	哇。(感嘆)

接頭·接尾辭

a^{1}–	阿	阿～。(表示親密)
toe^{7}–	第	第～
$chhoe^{1}$–	初	初～。(接在1～10之後表1日～10日)
lau^{7}–	老	老～。(加在姓之前，表示親密)
–a^{2}	仔	～子。(做爲名詞的接尾辭，形成雙音節詞，多用來表示小的東西或親暱的語氣)

王育德年譜

1924年 1月		30日出生於台灣台南市本町2-65
30年 4月		台南市末廣公學校入學
34年12月		生母毛月見女史逝世
36年 4月		台南州立台南第一中學校入學
40年 4月		4年修了，台北高等學校文科甲類入學。
42年 9月		同校畢業，到東京。
43年10月		東京帝國大學文學部支那哲文學科入學
44年 5月		疎開歸台
	11月	嘉義市役所庶務課勤務
45年 8月		終戰
	10月	台灣省立台南第一中學(舊州立台南二中)教員。開始演劇運動。處女作「新生之朝」於延平戲院公演。
47年 1月		與林雪梅女史結婚
48年 9月		長女曙芬出生
49年 8月		經香港亡命日本
50年 4月		東京大學文學部中國文學語學科再入學
	12月	妻子移住日本
53年 4月		東京大學大學院中國語學科專攻課程進學
	6月	尊父王汝禎翁逝世
54年 4月		次女明理出生
55年 3月		東京大學文學修士。博士課程進學。

57年12月	『台灣語常用語彙』自費出版
58年 4月	明治大學商學部非常勤講師
60年 2月	台灣青年社創設，第一任委員長(到63年5月)。
3月	東京大學大學院博士課程修了
4月	『台灣青年』發行人(到64年4月)
67年 4月	明治大學商學部專任講師
	埼玉大學外國人講師兼任(到84年3月)
68年 4月	東京大學外國人講師兼任(前期)
69年 3月	東京大學文學博士授與
4月	昇任明治大學商學部助教授
	東京外國語大學外國人講師兼任(→)
70年 1月	台灣獨立聯盟總本部中央委員(→)
	『台灣青年』發行人(→)
71年 5月	NHK福建語廣播審查委員
73年 2月	在日台灣同鄉會副會長(到84年2月)
4月	東京教育大學外國人講師兼任(到77年3月)
74年 4月	昇任明治大學商學部教授(→)
75年 2月	「台灣人元日本兵士補償問題思考會」事務局長(→)
77年 6月	美國留學(到9月)
10月	台灣獨立聯盟日本本部資金部長(到79年12月)
79年 1月	次女明理與近藤泰兒氏結婚
10月	外孫女近藤綾出生
80年 1月	台灣獨立聯盟日本本部國際部長(→)
81年12月	外孫近藤浩人出生

82年 1月　長女曙芬病死

台灣人公共事務會(FAPA)委員(→)

84年 1月　「王育德博士還曆祝賀會」於東京國際文化會館舉行

4月　東京都立大學非常勤講師兼任(→)

85年 4月　狹心症初發作

7月　受日本本部委員長表彰「台灣獨立聯盟功勞者」

8月　最後劇作「僑領」於世界台灣同鄉會聯合會年會上演，親自監督演出事宜。

9月　八日午後七時三〇分，狹心症發作，九日午後六時四二分心肌梗塞逝世。

國家圖書館出版品預行編目資料

台語入門 / 王育德著 -- 初版. -- 台北市：
前衛, 2000[民89]
176面；15×21公分.
ISBN 978-957-801-235-6(精裝)
1. 台語

802.5232　　　　89000352

台語入門

日文原著　王育德
中文翻譯　黃國彥
中文監修　黃國彥
責任編輯　邱振瑞　林文欽
出 版 者　前衛出版社
10468 台北市中山區農安街153號4樓之3
Tel：02-25865708　Fax：02-25863758
郵撥帳號：05625551
E-mail：a4791@ms15.hinet.net
http://www.avanguard.com.tw
出版總監　林文欽
法律顧問　南國春秋法律事務所林峰正律師
總 經 銷　紅螞蟻圖書有限公司
台北市內湖舊宗路二段121巷28、32號4樓
Tel：02-27953656　Fax：02-27954100
獎助出版　財團法人|國家文化藝術|基金會 National Culture and Arts Foundation
贊助出版　海內外【王育德全集】助印戶
出版日期　2000年4月初版一刷
2011年10月初版三刷
定　　價　新台幣200元

Printed in Taiwan　ISBN 978-957-801-235-6